Califico este viaje
Eloísa

Califico este viaje
Eloísa

Antonio Preciado

Diseño de portada: Carlos Preciado

Revisión y corrección: Luis López del Hierro & Jacqueline González

ISBN: 978-607-29-4326-1

Primera Edición: abril 2023

Para quienes siguen sus sueños.

Reserva confirmada para Tulum

APRECIA VIAJES <automated@apreciaviajes.com>

16 noviembre 2021, 15:24

¡Hola, Sr. Javier! Gracias por reservar con APRECIA VIAJES

A continuación le presentamos los detalles de su reserva en línea.

Código de reserva: PXZHO

Fechas de viaje: lunes, 1 de agosto de 2022 - viernes, 5 agosto de 2022

Destino: Tulum, Quintana Roo, México.

Hotel: QUINTA VILLA TULUM

Huéspedes: 5

Tipo de habitación: Residencia compartida en La Villa con jacuzzi y acceso al mar.

Política de cancelación: Cancela antes del 1 de julio de 2022 y recibe un rembolso completo. Pasado ese plazo, cancela antes del 1 de agosto de 2022 y recibe un rembolso del 50%.

¿Necesitas transporte? En APRECIA VIAJES contamos con las mejores tarifas para alquilar vehículos con seguro de viaje incluido.

Si desea realizar modificaciones en su reserva puede hacerlo en el siguiente enlace:

<u>MODIFICAR LA RESERVA</u>

UNO

Para tener treinta y un años, a Javier se le da muy bien eso de aferrarse a los eternos veintes. Y es que no han pasado ni cuatro horas desde que se bebió el último ron con cola en la discoteca que últimamente frecuenta durante las primeras horas de cada viernes, a veces por capricho, otras por tristeza. En camino a la oficina, con el aliento a muerte y los ojos desquebrajados, pide al chofer del Uber que pise el pedal a fondo y encuentre una vía alterna para salir del atasco en el centro de Monterrey, pero ni todas las verdes luces en sincronía hacen fluir el tráfico causado por las exageradas ventas de la industria automotriz. Lleva cincuenta y cuatro minutos de retraso cuando recibe la primera llamada de Rubén, su sereno y menudo compañero de cubículo; los instructores contratados han llegado a la planta de producción para impartir la capacitación a los operadores de montacargas. Javier le pide a su colega que encienda su computadora de escritorio y entre a su correo personal, los números de acceso para el proveedor deberían estar en su bandeja de entrada. Javier termina el resto del viaje con el celular pegado en la oreja, escuchando las negativas de Rubén por no encontrar aquellos números inexistentes que ahora han retrasado más de quince minutos la capacitación, es ahí cuando Javier recuerda lo que olvidó hacer el día de ayer antes de salirse al *juevebes*: pedir a vigilancia los accesos. Cuando el automóvil llega a la entrada del edificio corporativo, Javier avienta un billete de doscientos pesos al chofer y sale del vehículo sin esperar los veinte pesos de cambio. Debajo de su abdomen cervecero cuelga su tarjeta de empleado atada a la cintura del pantalón, la estira hacia el lector que hace girar el torniquete de acceso a las oficinas. La gota gorda que sale de su frente le escurre por la cara ovalada hasta tocar los cortos cabellos negros de su barba en el mentón; el sudor también traspasa su camisa blanca sobre su ancho y húmedo pecho al subir los escalones hacia el tercer piso. Le mete velocidad a su andar cuando entra al área de cubículos. Camina directo a su escritorio sin detenerse ni saludar a quienes gritan su nombre por los pasillos. Su compañero Rubén se encuentra sentado frente al escritorio atendiendo una llamada, Javier toma el teléfono al lado de su computadora y marca directo al responsable de vigilancia en la planta de producción. Le comparte su nombre y puesto al encargado de seguridad que atiende a su llamada, el hombre muy amable le recuerda que por políticas internas se deben pedir los accesos con un día de anticipación. Ahora el vigilante, para deslindarse de compromisos y malos entendidos, le pide a Javier que sea la Coordinadora de Seguridad e Higiene de la planta quien se encargue de pedir el acceso de los instructores, que llevan ya más de treinta minutos de retraso en su ingreso. Javier ruega, con su extensa labia y dominante chantaje, que lo apoyen con el acceso sin meter a más personas al ruedo, o que se atengan a las consecuencias. Con un vaivén de reclamos, pocas disculpas e infinidad de falsas aceptaciones, Javier logra que los instructores ingresen en la planta de producción, con al menos cincuenta y cinco minutos de retraso. Al colgar el teléfono se pone a insultar, a media voz y para sí mismo, al empleado con quien conversó, alegando que está rodeado de gente estúpida e ignorante, y afirmando que quien manda es él. Su logro personal lo motiva a retirarse de su escritorio e ir a la cocina por un café negro muy cargado. Se adentra entre los barullos de sus compañeros de trabajo que laboran desde sus cubículos. Baja hacia la segunda planta hasta llegar al área del comedor con olor a pan y café. Disfruta el primer sorbo de su bebida caliente mientras agarra un pan de la mesa de postres, aprovecha que la cocina con desayunos cierra a las once de la mañana para quedarse a almorzar por cuarenta minutos más. Se prepara el segundo café en un vaso de cartón para que lo acompañe de vuelta a su lugar, esta vez lo endulza con azúcar moreno. Sube lento las escaleras para así evitar que su camisa se vuelva a mojar de sudor por la parte del pecho y las axilas. Lento, sonriente y con bebida en mano, pasa saludando a las personas que reconoce en el camino y que le devuelven el saludo; incluyendo a Josefina Gutiérrez, la compañera del departamento de marketing que él jura a Rubén que "ya se la dio" en la fiesta de Navidad de la empresa, pero que en realidad nunca ha tocado. Está claro que ella desconoce aquella historia, similar a la que Javier le cuenta de la recepcionista y la mujer de intendencia pero con detalles diferentes que hacen único cada relato. Se sienta enfrente de su ordenador que lleva sin usarse casi quince horas desde que se retiró de ahí el día de ayer. Pone el vaso de cartón a su lado derecho sobre el escritorio y por fin toca su equipo de cómputo…, tres horas después de su horario de entrada.

En la pantalla Javier mira la agenda de cursos de seguridad programados para los empleados de la planta de producción. Lleva poco más de año y medio en el mismo puesto: Supervisor de Entrenamientos. Su principal labor se centra en mantener certificados a los empleados que brindan mantenimiento a las máquinas productoras de Grupo Arámbula, la segunda cervecera más grande de México, y número uno al norte del país; y además, se encarga de capacitar a los operadores de la maquinaria industrial, que se dedican a transportar el producto terminado por los almacenes usando montacargas, grúas y camiones de carga. A Javier todavía se le hacen tediosos y sin sentido los requisitos técnicos y normativas que la Secretaría del Trabajo pide incluir en los cursos de formación, él solo se encarga de coordinar que los empleados se presenten en el aula de capacitación, a determinada hora y día, junto con el instructor subcontratado. Un trabajo en dónde Javier últimamente no mezcla el orden con la responsabilidad que representa. Ahora, relajado y sin remordimiento por su más reciente equivocación, Javier abre su correo y escribe un e-mail al proveedor del servicio de capacitación para programar el siguiente curso de actualización: brigada de búsqueda y rescate. Bebe el último trago de su café antes de presionar el botón enviar. Con el paso de la siguiente hora desperdiciada por su indiferencia, siente que la tripa comienza a rugirle. Del cajón del escritorio saca una hoja de papel brillante con un menú de comidas impreso, en la parte superior se lee: *Fonda La Lupita.* Se gira sobre su silla y pregunta a Rubén si desea pedir algo de comer, su compañero lo mira con desaprobación y señala la lonchera con comida que ha traído desde casa.

—¡Nos merecemos una buena comida! Para eso trabajamos. Eso que traes ahí es desperdicio para el perro —dice Javier en tono despectivo.

Javier pone el menú sobre su escritorio, levanta el teléfono y comienza a marcar al restaurante para hacer su pedido. Recargado en su silla, con los ojos cerrados y con el teléfono pegado a la oreja, escucha el primer tono de la llamada, luego el segundo, el tercero ya no llega. Nadie contesta. Abre los ojos y lo primero que ve es a su jefa parada frente a él con su dedo puesto sobre el botón de colgar en el teléfono. Ella mira a Javier directo a los ojos. Él observa como a ella se le frunce el ceño sobre sus negras cejas. Se siente obligado a colocar el aparato en su lugar.

—En mi oficina en cinco minutos… Ambos —les ordena ella a Javier y a Rubén apuntándolos con sus delicados dedos que son igual de intimidantes que su mirada. Da media vuelta y se aleja por el pasillo hasta que Javier la pierde de vista.

—¿Te das cuenta que ni siquiera en viernes está contenta?

—Es la jefa, Javier. Hay que obedecer. Te alcanzo en su oficina —dice Rubén levantándose de su silla y dirigiéndose hacia el baño de empleados.

Por su parte, Javier saca del cajón de su escritorio una cajetilla de cigarros abierta. Camina entre los cubículos, con un cigarro y un encendedor en su mano izquierda, hacia la terraza de fumadores en el mismo piso. Siente el viento pasar sobre sus cortos rizos al abrir la puerta de cristal. Saluda de lejos a algunos compañeros de otros departamentos que se encuentran fumando, él se acerca hasta el barandal a orillas de la terraza para encender su cigarro. Sopla el humo mirando hacia la planta de producción que se encuentra al otro de la avenida que separa las oficinas corporativas y la fábrica, ambas unidas por un puente elevado con muros de cristal. Mira las cajas de los tráileres pegadas a las paredes de la fábrica productora en donde son abastecidas de producto terminado para su próxima distribución. Algunos vehículos llevan tatuada la publicidad de una nueva cerveza holandesa que recién entró al mercado mexicano, y que será parte de la gama de productos de Grupo Arámbula. En un panorámico sobre la avenida más cercana se anuncia la cerveza Trono, el producto estrella de la compañía. Cuando el cigarro está a punto de terminarse, Javier mira hacia el interior de las oficinas y ve a Rubén llamándolo a través del cristal. A su lado Javier encuentra un bote de basura, acerca la punta del cigarro a la orilla del cesto con la intención de apagarlo y lo deposita en el interior, luego ingresa al edificio. Los dos caminan por los pasillos hasta llegar a la oficina de su jefa, aquella con el letrero sobre la puerta que dice *Coordinadora de Seguridad e Higiene de Grupo Arámbula*. Ambos entran y la miran sentada frente a su computadora de escritorio. Les pide que tomen asiento en las dos sillas vacías frente a ella. Javier pasa la mirada por la pequeña oficina mientras toma asiento, se queda mirando la placa con el título y nombre de su jefa sobre el escritorio. La misma placa que le regalaron a ella el día que se graduó de la carrera de Ingeniera Industrial y de Sistemas. Siete años han transcurrido desde entonces y ese pedazo de aluminio dorado, a diferencia de la persona que se lo regaló, sigue acompañando a la Ingeniera Eloísa Morales Almaguer.

—¿Qué pasó el día de hoy? —pregunta Eloísa con firme voz—. ¿Por qué recibí, otra vez, un reclamo por parte del personal de seguridad de la planta diciendo que nos saltamos los protocolos de acceso? No entiendo. ¿Qué parte del procedimiento no queda clara?

—¡Bah! No es para tanto.

—¡No hables, Javier! —grita Eloísa—. ¡Sí es para tanto! El curso de hoy inició una hora tarde, ¡una hora! El departamento de logística interna ya avisó al supervisor de seguridad de la planta sobre nuestra falla. No podemos saltarnos los protocolos ni procedimientos. Recuerden que todos somos como engra…

—…engranes importantes de un mismo sistema, sí, sí —interrumpe Javier—. ¡Bueno, ya! Fue mi culpa que no entraran los instructores a dar el curso a tiempo. Olvidé pedir los accesos un día antes. Te juro por las fuerzas del universo que no volverá a pasar.

—Disculpa, Eloísa —habla Rubén—. Si me lo permites, yo podría encargarme de pedir los accesos de los instructores para los próximos cursos programados. Así me aseguro que no se repita el error. En lo personal, a mí sí me da pena dejar esperando al proveedor del servicio que solo viene a hacer su trabajo.

—Muchas gracias, pero justo por esto te mandé llamar a ti Rubén. Escucha bien lo que te digo: no quiero que realices trabajos que no te corresponden. Tu labor es reclutar talento para mantenimiento de la planta y transportistas. El trabajo de Javier es mantenerlos capacitados. Pueden apoyarse el uno al otro, pero no voy a permitir que realices los trabajos y tareas que por contrato le corresponden a Javier.

—¿Qué insinúas, Eloísa? —pregunta Javier— ¿Qué vengo aquí a que otros trabajen por mí? ¡Pero señora! Ese puesto ya lo tienes tú muy bien cubierto.

—Javier… —Rubén da una patada a su compañero por debajo de la silla—. Respeto.

—No te apures, Rubén —dice Eloísa extendiendo su mano hacia él—. Yo sola me sé defender —ahora mira a Javier—. No insinúo nada, Javier, si yo digo algo es porque tengo las pruebas en mano. Por ejemplo, esta semana te pedí que me mandaras los certificados de los transportistas de unidades pesadas para tramitar su licencia. ¿Sabes para qué?

—Pues… para que puedan conducir supongo —contesta Javier.

—Para que puedan transportar el producto terminado afuera de la planta de producción y distribuirlo por las rutas de entrega con sus documentos vigentes.

—Ajá… ¿Y?

—No solo no me mandaste nada, si no que tuve que pedir a Rubén que llamara a nuestro proveedor de capacitación para solicitarle los documentos, ¿y sabes qué nos contestaron? Nos mandaron un historial de e-mails en donde jamás programaste ni confirmaste el curso. Rubén tuvo que irse de inmediato a la planta de producción a juntar al grupo de transportistas mientras el proveedor nos mandaba con urgencia a su instructor para impartir la capacitación. ¿Sabes para qué? Para que al día siguiente no se les negara la salida ni se detuviera la distribución, ¡todo por culpa tuya! Entonces no, Javier, soy yo la que no puedo decir que la gente trabaja para mí, porque en realidad la persona que debería hacerlo no está atenta a sus labores.

—¡A ver! Según yo ese curso ya lo habían tomado los transportistas hace un mes, por eso no era necesario que lo tomaran de nuevo. Esa fue la razón por la cual no lo programé nunca.

—¡El curso que se impartió hace un mes fue para los choferes privados de la empresa, Javier! No para los transportistas del producto terminado.

—Ah…

—Y ahora, con la disputa de hoy con el personal de seguridad, voy a tener que vérmelas con el departamento de logística para explicarles qué es lo que está pasando con nosotros, y por qué no estamos cumpliendo con el orden en nuestros procesos.

—Bueno, si quieren hablar que nos lo digan. Ya veremos cómo solucionar el problema.

—¡El problema eres tú! —grita Eloísa dando un leve golpe a la mesa con el puño cerrado y levantándose de su silla.

Cualquiera pensaría que ese último grito culminará la discusión; que ambas partes, jefa y empleados, entrarán en un común acuerdo de que Javier debe mejorar su desempeño para dejar de perjudicar la funcionalidad de los departamentos que forman parte de la empresa. Pero Javier lleva meses sin pensar con claridad.

—No —dice Javier aún sentado en su silla—. El problema eres tú. Eres tú por dejarme en el puesto cuando en realidad me mantienes aquí solo por compromiso y lástima.

—¿Qué? —dice Eloísa abriendo sus sorprendidos ojos.

—Estás buscando la oportunidad perfecta para deshacerte de mí a toda costa por mi supuesto bajo desempeño. Estás aprovechando que ahora nada me ata al puesto. Deseas poder despedirme sin sentir culpa. La culpa que odias aceptar.

Rubén se queda mudo escuchando. Javier lo encuentra con la mirada, y lo ve meneando la cabeza desaprobando cada una de sus palabras. Eloísa vuelve a sentarse frente a su escritorio frotándose la cara con ambas manos. Mira a Rubén y le sonríe.

—Gracias por tu tiempo, Rubén, ¿me podrías dejar a solas con Javier, por favor?

—Claro —dice Rubén levantándose.

Javier sigue con la mirada a su compañero de cubículo que cierra la puerta de cristal al salir de la oficina, y cuando vuelve a mirar a su jefa la nota diferente. Contrario a la amenazante mirada que cargaba hace apenas instantes, ella trasmite dolor en sus negras pupilas que se humedecen de coraje. Javier pasa saliva y moja sus labios con la lengua. Siente que su cuerpo se vuelve a agitar como esa misma apurada mañana.

—¿Qué fue eso? —le pregunta Eloísa.

—¿Cómo que qué fue eso?

—Lo que acabas de decir hace menos de un minuto.

—Fue la verdad, Eloísa. Mira, podemos sentarnos aquí como todos unos profesionales y hablar de que la empresa necesita empleados comprometidos con sus labores. Pero entre nosotros dos no necesitamos fingir. Hace varios meses, antes de que todo se fuera a la chingada, me dijiste que estabas muy contenta con mi trabajo, que veías en mí a un hombre profesional, talentoso, y otras cosas más solo para endulzarme el oído. ¿Ahora resulta que soy lo contrario? A ver. ¿Qué quieres tú?

—¿Qué quiero yo?

—Sí. Dime qué quieres. ¿Qué firme mi renuncia? No lo voy a hacer. La única manera de que me saques del puesto es que compruebes ante Recursos Humanos que no estoy cumpliendo con mis asignaciones. Por eso involucraste a Rubén, para que fuera testigo de que yo no he aportado lo suficiente a la empresa y que por mi culpa se han retrasado la logística en pedidos.

—Es que por tu culpa sí se ha retrasado la logística en pedidos. Tenemos registro de todas tus faltas y fallos en este último trimestre. Si yo hubiera querido, tu despido se habría tramitado hace semanas.

—¡Ah! ¿Y por qué no lo hiciste? ¿Por qué no me despediste desde hace semanas como lo mencionas?

—Javier…

—Es por la misma razón que no lo haces ahora. No te deshaces de mí para no sentir culpa.

—Javier, escúchame…

—¡Porque el recuerdo de Arturo te llena de culpa! ¡Arturo…!

La bofetada es tan repentina, firme y dura, tanto que la

cabeza de Javier casi choca contra el muro a su derecha. Las ideas en su mente retumban descontroladas por el tremendo impacto. Él intenta regresar en sí sobando su mejilla izquierda y voltea hacia Eloísa, que todavía tiene su mano extendida sobre el escritorio.

—Lárgate —le ordena ella—. Lárgate ahora mismo.

Javier se levanta adolorido y sale atarantado de la oficina rumbo a su cubículo. Llega hasta su lugar cargando el ardor. Se sienta frente a su computadora sin dirigirle palabra a Rubén. Del cajón de su escritorio saca un espejito portátil. Se mira la piel enrojecida sobre la mejilla que también se moja con su lágrima derramada. Aunque últimamente no sea normal en él, sí se arrepiente de haber escupido pestes allí dentro. Él nunca se ha caracterizado por incluir sutileza en sus palabras, eso le correspondía a su hermano Arturo; la persona que marcaba la pauta de cuándo estaba bien opinar y cuándo era mejor callar, dejarlo pasar. Javier hubiera deseado tener a Arturo a su lado dentro de aquella oficina, Eloísa seguro lo hubiera querido también. Y recuerda que Arturo jamás volverá a estar a su lado. No hoy. No nunca.

El grito de una compañera lo hace voltear hacia uno de los extremos del edificio. Rubén se levanta de su silla y corre directo a la terraza al final del piso, otras personas también se encaminan al origen del grito, entre ellas Javier. Al llegar a la puerta que da hacia la terraza, Javier mira una nube blanca invadir los cristales en el exterior. Cuando el polvo blanco se desvanece, Javier ve a su compañera Josefina del departamento de Marketing sostener un extintor en sus manos frente a varios cestos de basura deteriorados

—¡Y bien! —grita Josefina—. ¿Quién tiró una colilla de cigarro encendida?

Javier no necesita a su hermano Arturo para saber que es momento de callar.

Dejarlo pasar.

DOS

Javier recuerda el primer golpe que lo hizo caer al suelo y que ha marcado su limitado afecto y confianza hacia otros. No se clava en su memoria por el ardiente y doloroso picor bajo su ojo, sino por el miedo de verse acorralado por un grupo de niños que lo superaban en tamaño y edad. Y es que en el universo de la infancia, cinco centímetros más de altura te convierten en una bestia y los años escolares te dan un permiso sin consenso para atacar al más débil. Javier no sabía nada acerca de esta inválida norma social cuando salió por primera vez al patio de su nueva escuela. Llevaba en las manos su lonchera de plástico favorita con la imagen de Hércules de Disney pegada en un costado. Sentado en la plaza cívica del colegio sacó su torta de frijoles con queso que su papá le preparó muy temprano esa mañana, Javier la devoró a pequeñas mordidas mientras daba traguitos a un jugo de uva en cajita. Ignorando la soledad que lo acompañaba, miró como se acercaba hacia él un grupo de niños cruzando las dos canchas de baloncesto del patio. Cuando terminó de comer y deseoso de devorarse otra torta, Javier sintió muy de cerca el primer golpe de aquel niño rubio de cabellos rizados, que había pateado su lonchera hasta la mitad de la cancha de baloncesto como si fuera una pelota en el campo. Escuchó las carcajadas de los otros niños que acompañaban al rubio y juntos se alejaron hacia el extremo opuesto de la plaza cívica a sus espaldas. Javier no contuvo las lágrimas cuando se acercó a recoger su lonchera, se dio cuenta que la manija y los seguros estaban rotos, que era imposible volver a cerrarla. Lloró, porque su papá le habían regalado esa lonchera antes de entrar a la nueva escuela en Monterrey, luego de mudarse desde Querétaro. Lloró, porque no comprendía lo ocurrido con aquellos niños a los cuales nunca había visto en su corta vida. Lloró, porque era lo único que se sentía bien en ese momento. Detuvo sus sollozos cuando un señor calvo de bigote gris se acercó a él, no para ayudarlo, sino para gritarle que parecía niña chillando; le exigió que se levantara del piso si no quería que él mismo le diera una zarandeada, así tendría razones para llorar en serio. Javier obedeció al señor también desconocido, que más tarde ese día se convertiría en su maestro de educación física. Caminó con la lonchera rota bajo su brazo, cruzó las canchas y se dirigió hacia el edificio de la escuela donde se encontraba su salón de clases. Miró a dos maestras sentadas en una banca justo a un lado de la entrada hacia los salones. Javier se preguntaba si ellas habían sido testigos de la injusticia que recién había ocurrido, tanto con los niños burlones como con el señor calvo y gritón. Con la cabeza baja y la esperanza de ser escuchado, se acercó a mostrarles los restos de su lonchera, pero solo recibió reclamos sobre el largo de su cabello por no ser el apropiado para la institución, que parecía un arbusto negro sin podar; y que si olvidaba ponerse el cinturón de nuevo procederían a amarrarle una soga sobre la cintura, recordándole que el uniforme se debe portar completo y con orgullo. Tiranía vestida de disciplina. Al final del receso la lonchera no fue lo único que Javier se llevó roto al salón. En su mundo no había nadie en quien confiar.

Javier pasó la siguiente hora escuchando a su maestra de tercer grado, desde la última fila y mirando hacia el exterior a través de la ventana, hasta que a la puerta del salón llegó el señor calvo de bigote gris que le había gritado a mitad de la cancha en el recreo. Su aspecto lucía un poco más amigable, con una amarillenta sonrisa bajo el bigote gris y unas arrugas que se formaban en los extremos de sus ojos debajo de sus gafas doradas. La maestra pidió a los treinta alumnos del salón que se pusieran de pie y salieran en orden hacia la cancha de baloncesto en frente de la plaza cívica. Los niños del salón Tercero B obedecieron y se dirigieron en fila hacia las canchas exteriores. El sol quemaba la frente de Javier mientras se formaba en línea con sus compañeros, todos tenían la mirada sobre la plaza cívica en donde el señor calvo de bigote gris daba instrucciones. Se haría la formación de los equipos de futbol para un torneo en el cual todos los alumnos participarían, sin excepción. Para lograrlo se debía realizar una prueba inicial y ver qué alumnos se convertirían en los capitanes. El señor calvo colocó una mediana portería de futbol en uno de los extremos de la cancha, bajo la cesta de baloncesto. Cada alumno debía pasar y patear el balón a un par de metros de distancia de la portería y tratar de anotar gol en un solo tiro. Uno por uno, los alumnos fueron pateando el balón, unos con éxito, otros rozando la portería o pegando en el poste. Cuando llegó el turno de Javier, se colocó en medio de la cancha y miró la pelota en el piso. Los nervios se le paseaban en todo el cuerpo. Se preparó dando tres pasos hacia atrás y con la velocidad y fuerza que su pesado cuerpecito le permitió, lanzó una patada al aire que le hizo perder el equilibrio y caer de espaldas. Levantó su mirada hacia la portería solo para darse cuenta de que el balón seguía en la misma posición sobre la cancha. Sus compañeros se retorcían de la risa al ver a Javier en el suelo. Escuchó como comparaban la forma de su cabeza y cuerpo con la del balón diciendo que un balón no patea a otro. El señor calvo se acercó a Javier para prensarlo del brazo y de un tirón lo levantó. Javier sintió dolor por los dedos incrustados en su piel. Cuando puso los pies de nuevo sobre el suelo, el señor calvo lo empujó por la espalda, obligándolo a ponerse frente a la portería. Javier obedeció escondiendo la humillación por detrás de sus ojos. Lo había convertido ahora en el portero de la actividad. El señor calvo gritó las nuevas reglas a los alumnos: no importa si la bola no entra en la portería, el objetivo es pegarle al niño gordo que tienen al frente. Javier vio a sus compañeros incorporarse en fila esperando su turno para ser llamados. El señor calvo apuntó a un alumno que no había pateado durante toda la prueba.

El niño se acercó de inmediato y se colocó detrás del balón mirando hacia donde Javier. Desde la corta distancia, Javier escuchó las indicaciones que el señor calvo le decía a su compañero: dale fuerte y sin miedo. El niño de cabello castaño se rascó la nuca, puso los ojos en el balón y luego meneó la cabeza mirando al maestro de deportes, rechazando las indicaciones que había recibido. El sonoro grito del señor calvo invadió con eco los pasillos del edificio escolar hasta el final de la cancha, ordenando al pateador que no fuera "maricón", que tenía que obedecer a su autoridad. Esta vez el niño de cabello castaño asintió con la cabeza, se preparó dando un paso hacia atrás. Javier cerró los ojos y se cubrió la cara con ambas manos. De un punta pie, el pateador mandó con fuerza el balón hacia el cielo alejándolo metros y metros de la cancha, hasta que cayó al otro lado de la barda que delimitaba el área de la escuela. Al no sentir golpe alguno, Javier abrió lento los ojos y miró cómo el señor calvo estrujaba por los hombros al niño de cabello castaño. Los gritos del señor calvo provocaron que la maestra encargada del grupo Tercero B saliera del edificio escolar y presenciara la escena. Parada en la entrada del recinto mandó llamar al señor calvo, que se acercó arrastrando al niño de cabello castaño con fuerza. Antes de que ella pudiera hablar, el señor calvo se adelantó a decir que el alumno había extraviado propiedad de la escuela por lanzar uno de los balones fuera de las instalaciones; luego apuntó a Javier, que se encontraba todavía al otro lado de la cancha, y lo tachó de indisciplinado sin dar razón alguna. La maestra llamó a ambos alumnos. El señor calvo soltó al niño de cabello castaño y cuando Javier pasó a su lado le soltó un zape en la nuca para afirmar que se merecían un castigo ejemplar. Los dos niños caminaron detrás de la maestra por los pasillos del edificio. Javier miraba de reojo a su compañero que llevaba la cabeza erguida y mirando hacia enfrente. Cuando llegaron al segundo piso, la maestra les ordenó entrar en la sala de espera de la dirección del colegio, un amplio espacio con cuatro sillas. Después de que la maestra explicara la situación a la secretaria en turno, esta mando llamar a la coordinadora de primaria que salió de su oficina preparada a firmar los reportes por mala conducta. La coordinadora pidió a los niños que dijeran sus nombres en voz alta. Uno por uno contestaron:

—Javier Murillo Mendoza.

—Arturo Álvarez Tijerina.

La coordinadora terminó de firmar las hojas y entregó los reportes a los niños para que los llevaran a sus casas para ser leídos por sus padres. Ambos niños tomaron las hojas de papel. La maestra les pidió que regresaran a su salón de clases. Los niños abandonaron la sala y se dirigieron a la tercera planta del edificio. Mientras subían por las escaleras Javier por fin le dirigió la palabra a su compañero.

—Gracias por no pegarme con el balón.

Arturo lo miró con una sonrisa.

—¡Fallé! Quería darle al méndigo pelón.

Cuando las clases terminaron el siguiente viernes, Javier conoció por primera vez la momentánea paz de saber que no volvería a pisar el colegio hasta dentro de un eterno fin de semana. Los alumnos de primaria y secundaria caminaban entre los edificios escolares dirigiéndose a las salidas. Los padres de familia hacían crecer las filas de autos en las dos calles que rodeaban los muros del colegio para recoger a sus hijos. Javier siempre salía por la entrada principal, cruzaba la calle hacia el parque de la colonia donde se encontraba la escuela, y se sentaba en una banca a esperar a que su papá llegara por él, normalmente una hora y media después del horario de salida por culpa de su trabajo en la oficina. Mientras veía los autos pasar frente a él, reconoció a Arturo cruzando la calle hacia el parque. Javier se levantó de la banca con su mochila al hombro y se dirigió hacia él llamándolo por su nombre. Arturo lo miró sonriente.

—¡Javier! Acompáñame.

—¿A dónde?

—Vamos a buscar el balón que aventé el otro día por la barda.

Ambos cruzaron la calle para acercarse a la entrada del colegio, caminaron por la banqueta rodeando por fuera el muro de concreto que cubría a la institución. Siguieron andando hasta que la banqueta terminó sobre un terreno baldío a espaldas de los edificios de la primaria, que se asomaban por encima de la barda. Alargaron sus pasos sobre escombros, restos de basura y hierba crecida; cruzaron el largo camino bajo el sol de la tarde hasta que Arturo encontró a pocos metros lo que estaban buscando.

—¡Mira! —dijo Arturo antes de echarse a correr hacia unos arbustos en medio del terreno. Metió sus brazos entre las ramas y con sus delgadas manos alcanzó a tomar el balón —. ¡Lo tengo! —gritó hacia Javier levantando la bola sobre su cabeza con ambos brazos.

Un chasquido de ramas secas desquebrajándose a espaldas de Javier hicieron que contuviera su grito de emoción ante la hazaña de Arturo; al voltear, reconoció esos cabellos rizados color rubio que se acercaban hacia él junto con otros tres niños de mayor estatura. Arturo puso el balón bajo su brazo y se colocó a un lado de Javier mientras ambos veían aproximarse a los cuatro niños.

—¿Qué hacen con nuestro balón? —preguntó el niño rubio.

—Este… —dijo Arturo dando un paso al frente—. Este balón lo lancé yo por encima de la barda en clase de deportes. Vinimos a buscarlo para entregarlo al profesor.

—Ese balón es de nosotros —dijo el niño moreno del grupo.

—¡Claro que no! —habló Javier—. El balón es el mismo que usamos en la clase de deportes.

—¡Ay! No es cierto. Ese lo compré yo con el dinero que me dio mi papá por mi cumpleaños —insistió el mismo niño moreno.

—¡Ya! —grito el niño rubio—. Dámelo o te lo quito —le dijo mirando a Arturo y apuntando al balón.

Arturo puso el balón frente a él tomándolo con ambas manos. Lo miró por unos segundos sin decir nada, luego giró la cabeza levemente hacia atrás para ver a Javier, que se encontraba a sus espaldas. Javier lo miró y notó como las pupilas de Arturo se movían de un lado a otro, como indicándole que se retirara del sitio, Javier asintió con la cabeza comprendiendo lo que su compañero trataba de decir. Arturo regresó su mirada hacia el grupo de niños que comenzaban a rodearlo, les acercó el balón estirando ambos brazos hacia delante.

—Bueno... ¿Quieren el balón? —les preguntó Arturo—. ¡Pues aquí lo tienen! —gritó dejando caer el balón entre sus dedos, y antes de que tocara el piso soltó una patada hacia enfrente. El balón fue golpeado con tanta fuerza que regresó volando por encima del muro hacia las canchas del colegio.

Javier vio a los cuatro niños seguir con la mirada el balón expulsado en el aire, hasta que sintió un apretón en el brazo.

—¡Corre! —le ordenó Arturo jalándolo hacia el lado contrario de donde el grupo de niños.

Javier y Arturo corrieron entre las hierbas y escombros en su intento por alejarse lo más posible. Siguieron avanzando metros hacia enfrente rodeando la curvatura del muro de concreto que cubría la escuela. Sin voltear ni por encima del hombro, Javier escuchaba pasos acelerados acercándose, frente a él estaba Arturo alejándose cada vez más y más a una velocidad que él jamás había alcanzado en su vida. El miedo se apoderó de él cuando sintió que alguien alcanzó a agarrar su mochila por la espalda y lo jaló hacia atrás. El tirón lo detuvo en seco haciendo que cayera al suelo entre piedras y ramas secas. El sol encandiló sus ojos cuando miró hacia arriba, hasta que el niño rubio se interpuso entre la luz y él. El niño moreno y otros dos más lo levantaron quitándole la mochila de la espalda, lo agarraron de ambos brazos hasta ponerlo frente al niño rubio.

—¡¿A dónde ibas, mugre gordo?! —le gritó el rubio a Javier antes de clavarle los nudillos por debajo del ojo izquierdo.

De vuelta en el suelo, Javier cubrió con sus manos el dolor que le produjo el encontronazo. Sentía que el aire no entraba por su nariz y veía temblar sus dedos sobre sus ojos. Miró las siluetas de los niños acercándose de nuevo, no le quedó más que esperar un golpe peor al que había recibido, pero en lugar de sentirlo lo escuchó. Se retiró las manos de su cara. El niño moreno que lo había sometido ahora se encontraba de rodillas frete a él llorando de dolor con la cara ensangrentada; a su lado Arturo sostenía una gruesa varilla corrugada con la que había golpeado al moreno por encima de la ceja izquierda cortándole la piel. Arturo continuó bateando la varilla de un lado a otro, mientras los niños retrocedían a pasos agigantados hasta que escaparon del terreno dejando atrás a su compañero bañado en sangre. Al ver que se alejaban, Arturo tiró la varilla entre las ramas y se acercó a Javier ofreciendo su mano para ayudarlo a levantarse. Javier la tomó aliviado de que la pesadilla del día había terminado, se sacudió las ramas y la tierra que se habían pegado en su uniforme y agradeció a Arturo por haberlo salvado. Arturo se quedó en silencio mirando al niño moreno que lloraba en el piso cubriendo su rostro, Javier notó que la piel de Arturo se ponía cada vez más pálida y sus brazos comenzaban a temblar. Se acercó a Arturo y puso su mano sobre su hombro.

—¿Estás bien? —preguntó Javier. Arturo lo miró con los ojos casi perdidos.

—San… Sangre —dijo Arturo antes de desvanecerse y caer sobre un cúmulo de tierra.

Javier miró a los dos niños tendidos bajo el sol y el calor de la tarde, que cada segundo se hacía más potente. Con pasos cortos y cautelosos se acercó al niño moreno de cara ensangrentada. Javier se quitó su camisa blanca del colegio dejando sus lonjitas y pechos al aire. Sin preguntar si necesitaba ayuda, le ofreció la prenda al niño para que limpiara su cara y cubriera la herida que casi había dejado de sangrar. El niño miró de reojo a Javier y le arrebató la camisa de las manos. Coloco con cuidado la prenda sobre su ceja.

—¿Quieres que te acompañe a buscar tus papás? —preguntó Javier.

—Déjame —le contestó el niño y se levantó muy despacio del suelo—. Toma, no la quiero —dijo extendiéndole la camiseta con manchas rojas de sangre.

—Te la regalo —le contestó Javier.

El niño no dijo nada más y se alejó caminando despacio con la camisa sobre su ceja izquierda cubriendo su herida. Javier volteó ahora hacia a Arturo que yacía en el suelo casi inconsciente y temblando. Utilizando todas sus fuerzas trató de levantarlo pero el peso de Arturo era demasiado para los brazos de Javier.

—Espera aquí. No me tardo —dijo Javier y se encaminó hasta salir de aquel terreno baldío.

Ya no había alumnos ni autos en las calles aledañas al colegio. Javier buscaba con la mirada a un adulto que lo ayudara con la difícil tarea de levantar y traer a Arturo de vuelta a las puertas de la institución. Cuando cruzó la calle hacia el parque en búsqueda de ayuda escuchó los siete bocinazos que su padre siempre hacia cuando pasaba por él en su auto. Su padre se estacionó a un lado del parque y salió del vehículo corriendo hacia él.

—¡Javier! ¿Por qué no tienes camisa? ¿Dónde está tu uniforme? ¿Tu mochila dónde está? Llevo buscándote por más de quince minutos —su padre hizo una pausa al verle el golpe por debajo del ojo—. Quién… ¿Quién te hizo eso? ¡Por Dios, Javier! ¡¿Qué pasó?!

—¡Papá! —lo interrumpió—. Necesito tu ayuda.

El padre de Javier vio a Arturo tendido en el suelo del terreno baldío, de inmediato lo tomó entre sus brazos y lo sacó de los escombros; colocó a Arturo en el asiento trasero del auto y condujo hasta llegar a la entrada principal del colegio. En la puerta se encontraba un vigilante de seguridad junto a una maestra, el padre de Javier se acercó cargando a Arturo en brazos, el niño ya empezaba a recuperar el color natural de su piel. La maestra lanzó un grito cuando miró al hombre acercarse al interior del pasillo con Arturo.

—¡Señora Silvia! —se escuchó en el eco de los edificios—. ¡Ya lo encontraron!

Javier vio a una mujer alta, delgada y de pelo castaño acercándose junto a la coordinadora de primaria. La mujer de pelo castaño casi se deja caer en llanto cuando el padre de Javier le acercó a Arturo. El niño puso los pies sobre el suelo, todavía temblando, y se acercó a abrazarla.

—Mi amor. ¿Qué pasó? ¿Estás bien? —preguntó ella acariciando la cara de Arturo.

—Estoy bien, mamá. Solo me caí.

—Estás muy pálido. Vamos a casa ahora mismo —la mujer levantó la mirada hacia el papá de Javier—. Muchas gracias por traerlo. Me llamo Silvia —dijo extendiéndole el brazo—. No sabe cómo se lo agradezco, llevo buscándolo como loca por casi media hora.

—Mucho gusto, Silvia. —él extendió su brazo y estrecharon sus manos—. Yo me llamo Javier, igual que mi hijo. Y no hay nada que agradecer, estamos para apoyarnos —le contestó mientras acariciaba la cabeza de Javier que se encontraba a su lado.

—¿Qué fue lo que pasó con ustedes dos? —les preguntó Silvia a ambos niños.

—Eso mismo quiero saber yo, ¡¿qué les pasó?! —preguntó el papá de Javier.

Los niños se miraron el uno al otro, en la cara de Javier se pintó una sonrisa.

Y su afecto se prensó a Arturo.

TRES

Negar que es culpable ya no es opción ante el testimonio de dos compañeros que lo vieron salir a la terraza de fumadores, además de ser captado por la cámara de seguridad minutos antes de que los cestos de basura se incendiaran. Alfredo Vidal, el director de Recursos Humanos, se encuentra de pie en un extremo de la sala de reuniones; sentados alrededor de una mesa ovalada están los testigos del incidente que pertenecen al departamento de finanzas; y frente a ellos se encuentran Javier y Eloísa. Con la espalda recargada en su silla, Javier termina de ver las imágenes de la cámara de seguridad en una laptop frente a él, las mismas que lo delatan lanzando la colilla de cigarro quitándole su derecho a réplica.

—La solución a este problema es muy simple —Alfredo se dirige a Javier—. No solo tu desempeño como empleado nos ha dejado mucho a desear en estos últimos meses, si no que también has cometido una falta muy grave a los reglamentos y protocolos de seguridad de la empresa. ¿Sabes qué es lo peor? ¡Que formas parte del departamento de Seguridad e Higiene en Grupo Arámbula! ¿Sí lo ves? Lo del día de hoy representa una inconsistencia abismal a los valores y reglamentos que día a día inculcamos a todos nuestros empleados, tanto en las oficinas corporativas como en la planta de producción. ¿Cómo crees que reaccionarán los otros departamentos cuando se enteren de esta falta? ¡Imagina! El Supervisor de Entrenamientos no siguió los protocolos que él mismo pretende transmitir en los cursos que se imparten.

—Alfredo, si me lo permite, quisiera explicar.

—Shhh... Silencio, Javier —le dice Eloísa con mucha calma.

—No… Está bien. Déjalo hablar, Eloísa. Pero antes —Alfredo mira a los testigos miembros del departamento de finanzas—, ustedes ya pueden regresar a sus lugares, si necesitamos algo más los mandaremos llamar —ambos empleados salen de la sala de reuniones. Alfredo se sienta en una de las sillas vacías dando la espalda a la ventana con la ciudad de Monterrey al fondo—. Ahora sí, ¿qué es eso que nos quieres decir Javier? Muero por escucharte.

—La verdad —Javier no creía que lo dejarían hablar—. Cometí un error. Lo siento. No volverá a pasar.

—¡Pues claro que no, Javier! Desde hoy ya no laboras en esta empresa. No necesito volver a explicar las razones ni tampoco tienes los argumentos para ocultar o negar tu falta. Así que por el momento te voy a pedir que regreses a tu lugar y termines lo que tengas pendiente. Hay que comenzar a preparar camino para cuando llegue tu próximo remplazo. ¿Sabes qué es lo triste? Que muchísima gente quisiera tener la oportunidad de trabajar en esta empresa, o incluso solo trabajar, y tú lo estás desaprovechando. No sé quién te crees que eres, si el hijo del dueño o el novio de alguna de las nietas de Arámbula, pero esto ya está fuera de…

—Alfredo —lo interrumpe Eloísa—. Ya Javier lo entendió. No nos salgamos de los hechos ni hagamos comentarios que no entran en la discusión —Eloísa voltea a ver a Javier que sigue recargado en su silla—. Javier, ¿me podrías dejar a solas con Alfredo? Necesito discutir algunos temas con él. Por lo pronto, ve y termina de concretar con nuestro proveedor los programas de actualización para las brigadas de emergencia. ¡Y! Asegúrate de tener completos los documentos de certificación para los operadores de montacargas, cuando menos lo esperemos alguien vendrá a hacernos una auditoría. Hay que tener todo listo y en orden.

Javier asiente con la cabeza sin decir ni una sola palabra a Eloísa, mucho menos a Alfredo, y se retira de la sala de reuniones rumbo a su cubículo. Al llegar ve a Rubén muy concentrado en su pantalla tecleando de manera veloz.

Siempre va a ese ritmo cuando debe contestar con urgencia más de tres correos. No le dirige la palabra, Rubén tampoco le pregunta sobre lo ocurrido adentro de la sala. Javier mueve el *mouse* de su equipo de computo y la pantalla se enciende. Mira la bandeja con un sin fin de e-mails sin abrir, se dispone a verlos y contestarlos de uno por uno, no como lo hacía antes: dejar al menos cinco sin abrir hasta el día siguiente. En uno de ellos lee el recordatorio que el proveedor le hizo un día antes, sobre enviar los números de acceso para ingresar a la planta de producción. Luego ve otros recordatorios de dos, tres y hasta de cinco días antes con el mismo asunto. Se da cuenta que contestarlos es igual de innecesario que la compra realizada varios meses atrás: un viaje todo incluido por cinco días al hotel Quinta Villa en Tulum, Quintana Roo; un escape que no tiene intención de realizar desde que Arturo ya no está. Javier mira el calendario en su celular, nota como el viaje sigue agendado para la semana entrante, basta con mandar un correo a la agencia para cancelarlo y que así le regresen el 50% del dinero invertido. Sigue mirando correos sin voltear a ninguna parte ni hablar con nadie, algo que nunca pasa ya que su atención siempre se quiebra al mínimo estímulo, como el andar de un compañero por los pasillos, o ver la luz de su celular indicando que tiene un mensaje sin leer. Ahora nada de eso se interpone en sus labores. Con sus ojos enfocados en los viejos e-mails, se va encontrando con tareas que dejó sin resolver y que fueron atendidas por Rubén, a quienes los remitentes mandaron copia de los e-mails para dar seguimiento a las solicitudes. Javier se gira sobre su silla en más de una ocasión con la intención de agradecer a su compañero por el trabajo realizado, pero se detiene por su orgullo y la vergüenza de aceptar que en los últimos meses no se preocupó por hacer lo que por contrato le correspondía.

Pasa al menos una hora sentado en silencio pensando en lo qué hará después de ser despedido, y de la nada proyecta en su mente sus gastos mensuales fijos. No existe el pago de una renta porque aún vive en casa de su papá y Silvia, a quienes ayuda con el pago de algunos recibos de agua, luz y gas; tiene el celular ligado a un plan mensual con internet el cual siempre rebasa los límites permitidos haciendo que pague más de lo acordado; suma todos los aparatos y accesorios que tiene en casa pagando a meses sin intereses tales como: televisión, relojes, videoconsolas, prendas de diseñador, hasta su auto que dejó estacionado en casa esa mañana por falta de gasolina. En el recuento general de los gastos, estima que le queda al menos un cinco por ciento de su sueldo mensual, mismo porcentaje que se va directo a las deudas que su tarjeta de crédito va acumulando meses tras meses. Ahora, un despido justificado llega en su segundo peor momento económico de su vida. El primero ya lo ha superado gracias a la ayuda de Arturo. Las manos le tiemblan sobre el teclado. Sus ganas de regresar a la sala de reuniones e implorar que su trabajo no le sea arrebatado son más grandes que su presunción, esa que constantemente restriega a todos sus conocidos para demostrar quién es él en base a lo que posee y al puesto laboral que tiene. Sin un sueldo que lo respalde para al menos cubrir una parte de sus deudas, Javier tendría que buscar otro trabajo prácticamente al instante de poner un pie fuera de Grupo Arámbula. Se levanta de su silla con el único propósito de hablar con Alfredo y convencerlo de que no lo reemplace, pero a mitad del pasillo se encuentra con Eloísa que avanza hacia él sin mirarlo, Javier estira el brazo derecho bloqueando el andar de su jefa.

—Necesito hablar contigo —le dice Javier.

Ella lo mira sin decir nada. Javier nota la humedad en sus ojos rodeados de sus largas pestañas, aquellas que Arturo admiraba por enaltecer la belleza de esas gemas oscuras. Los ojos con los que Eloísa deseaba ver a Arturo cada mañana al despertar.

—Te veo en mi oficina en diez minutos —le contesta

Eloísa y avanza retirando de un empujón el brazo de Javier que bloquea su camino—. ¡Y trata de no quemar nada! —grita dando la espalda a Javier.

Se escuchan risas en los cubículos, algunos oficinistas asoman sus cabezas para ver la continuación del chisme que ya está en boca de todos: van a despedir a Javier. Él regresa a sentarse en su lugar de trabajo, Rubén lo mira dando la espalda a su equipo de cómputo.

—¿Qué te dijeron allí dentro? —por fin le pregunta Rubén.

—Voy a hablar con Eloísa en su oficina en unos minutos —Rubén se voltea de nuevo hacia su pantalla, esta vez se coloca unos audífonos sobre las orejas. Javier percibe inconformidad en la profunda y larga inhalación que Rubén hace al darle la espalda. Javier se levanta de su silla y se pone de pie a su lado, Rubén lo mira inclinando su cabeza hacia arriba.

—¿Qué? —pregunta Rubén retirándose los audífonos.

—¿Tú quieres que me vaya de la oficina?

—Eso no me corresponde decidirlo a mí, Javier. Ya los jefes tomarán su decisión.

—Yo sé, yo sé. Pero tú dime, ¿crees que debería irme de la oficina? Es que te noto como que no estás cómodo. Si tienes un problema conmigo puedes decírmelo.

Rubén se gira sobre su silla para ver de frente a Javier.

—Es que ese es el detalle Javier. Nadie tiene un problema contigo. ¡Absolutamente nadie! Pero tú sí tienes un problema con el mundo. Al menos últimamente aquí en el trabajo así es.

—¡A chinga! ¿Quién lo dice o qué?

—Es que es eso. Nadie lo dice porque prefieren no lidiar contigo. Estos últimos meses llegas a la hora que se te da la gana como si fueras el dueño de la empresa y, cuando te hacen el llamado de atención, culpas siempre al guardia de seguridad en la entrada o al tráfico, ¡levántate más temprano y ya! En el comedor te la pasas diciendo que lo que sirven está de la chingada, que por eso mejor prefieres pedir comida de fuera, ¡pues adelante! Si tienes dinero para comprar comida todo los días en diferentes restaurantes ¡hazlo! Pero no hagas sentir a los demás como marginados e inferiores por consumir lo que dan en el comedor o por traer comida desde casa. Y aquí, en tu puesto de trabajo, te quejas que los operadores y técnicos de mantenimiento no se presentan a los cursos, pero a ti es a quien se le olvida programar las capacitaciones.

—¡Pues es que a veces son muy ignorantes! Pienso que no saben leer. Se les avisa con tiempo que deben presentarse y se les manda un aviso con los supervisores de mantenimiento.

—¡Verga, Javier! Te dije que a ti es a quien se le olvida programar las capacitaciones y, ¿preferiste tachar de ignorantes a los operadores? Pero bueno, para que te enteres, ellos no asisten a los cursos porque los tienen en chinga trabajando durante todos los turnos de producción. Nuestro trabajo en la empresa es apoyar a buscar espacios para que ellos se sigan actualizando y capacitando en temas de seguridad. Ya sea que tomen los cursos en un fin de semana, en el turno de la noche, o qué se yo. En fin ¡Hay que buscar soluciones! Los operadores no nos deben nada, eso ya te lo he dicho mil y un veces. Nosotros nos debemos a su trabajo ya que por ellos tenemos nuestros puestos. Sin ellos no existimos.

Javier se cruza de brazos.

—Entonces crees que alguien más en mi puesto haría un mejor trabajo.

—Claro que no. Yo creo que si otra persona estuviera en tu puesto haría las cosas menos complicadas para mí. Tenerte aquí me resulta innecesario, no haces otra cosa más que retrasar labores, además de crear un ambiente de trabajo complicado.

—¿Y por qué sigues trabajando conmigo entonces? ¿Por qué no ir y quejarte si tan mal estás conmigo aquí?

—¡Ah! ¿En verdad crees que no he ido a quejarme a tus espaldas? ¡Ja! No mames Javier, tú sí vives en tu mundo —Rubén se vuelve a girar sobre su silla y fija su mirada en la computadora—. No te voy a decir que no te quiero fuera de aquí. Pero eso no me corresponde decidirlo —gira su cabeza y mira a Javier—. Agradece a esa mujer —apunta con la mirada a la oficina de Eloísa—, no sé que ve en ti que ha peleado hasta el cansancio porque te quedes en la empresa. Y, contrario a ti, yo sé respetar las decisiones de mis jefes —Rubén regresa la mirada a la computadora, se coloca sus audífonos y vuelve a enfocarse en el trabajo.

Javier se queda mudo mirando a Rubén trabajar. Voltea a la oficina de Eloísa y la mira asomando su cabeza por la puerta. El diálogo entre él y su compañero lo hizo olvidar la junta espontánea que programaron en el pasillo. Javier se acerca rápido hacia la oficina de su jefa, antes de entrar voltea sobre su hombro hacia su compañero Rubén que no despega sus ojos del trabajo.

Eloísa está sentada frente a su escritorio al igual que esa misma mañana. Javier se acerca despacio a tomar un lugar frente a ella, siente los músculos tensarse sobre la quijada como si guardaran memoria de la bofetada que le dio hace al menos una hora.

—Te vas a ir —afirma Eloísa.

—No por favor, por favor, por favor —repite Javier frente a Eloísa—. Dame una última oportunidad y te juro que no te vas a arrepentir. Justo hablé con Rubén y estoy de acuerdo que mi desempeño no es el correcto…

—¡¿Me dejas terminar?! —levanta la voz al mismo tiempo que pone las manos sobre el escritorio. Javier calla y escucha—. Te vas a ir, pero sin ser despedido…

—Yo no quiero renunciar…

—¡CÁLLATE JAVIER! —grita Eloísa, está segura que su voz atravesó más allá del pasillo—. Escúchame, Javier. Solo escucha por cinco minutos y luego haz lo que quieras, porque después de que termine de hablar ya no podré seguir ayudándote. Esta será la última vez que me lanzo al precipicio por ti, ¿entendiste? —Javier asiente en silencio—. Bien. Como te decía…, te vas a ir sin ser despedido. Pero antes quiero que me respondas la siguiente pregunta, dime: sí o no. ¿Le has dicho a alguien de aquí que tienes autorizada una semana de vacaciones? Necesito que me contestes con la verdad si quieres que esto funcione.

—No —dice con verdad—. No se lo he dicho a nadie. Solo a ti desde hace tiempo porque necesitaba que me autorizaras las fechas.

—De acuerdo. Pues esto es lo que haremos. Te irás "suspendido" —dice Eloísa resaltando las comillas con sus dedos— por el incidente que provocaste en la terraza. Esto nos va a servir como advertencia para que todos en el edificio vean que hay consecuencias al no acatar órdenes de seguridad. Por ley y normas de la empresa no podemos suspender a empleados como si fuera un castigo escolar, así que usarás tu periodo de vacaciones para alejarte de la empresa. Javier… ¡Nadie debe enterarse de esto! ¿Entendido? Mucho menos Rubén. Ya suficiente tendrá con quedarse solo durante la siguiente semana atendiendo tus pendientes… Y para colmo también los míos porque tampoco estaré en la oficina.

—¿Qué?... Espera, tú… ¿Tú sí te irás a tu viaje de…? —pregunta Javier acercándose a Eloísa—. ¿Te vas a ir a pesar de…? Tú… ¿No cancelaste nunca la luna de miel?

—Lo que yo haga o deje de hacer con mi vida ya no te incumbe, Javier. Y, como te lo dije hace minutos, lo que hagas ahora con la tuya después de esta plática a mí ya no me importa. Esto más que un castigo es un premio para ti. No tienes que pisar la oficina por toda una semana y conservas tu trabajo. No lo eches a perder.

—¡Te juro que no va a suceder! Te lo prometo —Javier acerca sus manos sobre el escritorio y toma las de Eloísa—. Y… discúlpame, sobre todo por mi comentario de la mañana. Lo tenía bien merecido el golpe —siente como

Eloísa retira sus manos de un jalón.

—Eso es todo. Puedes retirarte.

—*Lois*.

—¡Retírate! —dice ella levantándose de su asiento—. Y no me vuelvas a llamar así.

—Eloísa.

—¡Retírate ya! —apunta hacia la puerta a espaldas de Javier—. No es necesario que te quedes lo que resta del día. Pondré a Rubén al tanto de lo que hablamos. Me sabe mal cargarle todo el trabajo, espero que al menos te disculpes con él —Eloísa clava su mirada en los papeles sobre su escritorio e ignora a Javier, él se levanta sin dejar de verla.

Una vez fuera de su oficina, Javier escucha el balanceo de la puerta de cristal cerrarse a sus espaldas. Se acerca a su escritorio con la mente en blanco. En su cubículo se sienta frente a la pantalla de su computadora en donde casi se ve reflejada la espalda de Rubén. Javier gira su cabeza y de corazón nacen las palabras.

—Oye, Rubén. Perdón por cargarte todos los pendientes de la oficina. Y también por no trabajar lo suficiente estos últimos meses —Rubén ni se molesta en voltear, continúa como si Javier no existiera en su espacio—. Me van a... Me van a suspender una semana. Regresaré hasta el ocho de agosto. ¡Pero sabes qué! Estaré conectado en mi laptop para trabajar a distancia. ¿Quieres que te ayude en algo? —ve a Rubén levantarse de un brinco sin que sus miradas se crucen y se aleja de él entre los otros cubículos.

Javier mira a su compañero huir, como si buscara refugiarse de una bestia que lo asecha, y esa bestia es él. Con las garras metidas en sus bolsillos, Javier se levanta y se abre paso hacia la salida. El picor del sol se le clava en el rostro al pisar la banqueta afuera del edificio corporativo. Los doscientos pesos que lleva en su cartera le alcanzan para detener un taxi y viajar de regreso a casa. Tendría más billetes en la bolsa de no haberse comprometido a pagar la cuenta de la mujer morena de la noche anterior, mala suerte que el mesero no le avisó que la cuenta de ella y sus amigas rebasaba los cuatro mil pesos. Deseoso por acostarse con aquella mujer de acento dominicano, Javier terminó gastando pesos que no se la compraron; y es que no puede comprender algo tan simple: el que paga nunca jamás va a mandar. Consigue detener un taxi y le dicta la dirección al chofer. En el asiento trasero, Javier se queda mirando la planta de producción de Grupo Arámbula a través de la ventana, la sigue viendo hasta encontrar el metro elevado del centro de Monterrey y deja que sus ojos paseen por las avenidas, negocios y montañas de la ciudad hasta que se topa con su casa de la colonia Las Brisas. Entrega el billete al taxista que le perdona los diez pesos de más que marcó el viaje. Javier baja e ingresa a su casa por la puerta del pasillo izquierdo que da directo a la cocina. No se ha dado el tiempo de sacar su propia copia de la puerta delantera que lleva perdida casi un año. En su nariz entra un olor a consomé de pollo y cebolla picada. Al pasar por la puerta mosquitera mira a Silvia entrar en la cocina desde la sala. Viste un delantal blanco y sucio, su delgado cuerpo lo cubren un pantalón de pijama y una playera holgada; lleva el cabello castaño recogido con una pinza, el mechón sobre su frente deja ver algunas canas. Ella mira hacia el reloj digital en el horno antes de dirigirle la palabra.

—¡No manches! Te vi y pensé que ya eran las siete de la tarde —apunta al reloj que marca las 14:25—. ¿Saliste antes?

—Sí... Me... —hace una pausa—. Eloísa me dio el día libre.

—Ah...—Silvia camina hacia el fregadero donde tiene un cesto con tomates y otras verduras, abre la llave y comienza a lavarlos bajo el chorro de agua—. ¿Y eso? ¿Por qué te dio el día libre? —pregunta concentrada en su labor y dándole la espalda a Javier.

—No sé. Según ella la chamba de la semana ya estaba terminada y no hacía falta que nos quedáramos más tiempo.

—Ah… Ya veo —dice seria mientras frota y lava con sus manos una berenjena de la cesta—. Y… ¿Nada más?

—Sí…, nada más.

Silvia cierra el grifo y deja que las verduras se escurran dentro del fregadero. Toma un paño verde que cuelga de la manija del primer cajón de la cocina y seca sus manos antes de ponerlo en el mismo lugar.

—Bien —dice Silvia mirando a Javier—. Pues la próxima semana que vayas a la oficina llévale a Eloísa unas empanadas de calabaza que recién preparé, ya ves que le gustan mucho a ella y a su mamá. Aquí ni tu padre ni tú se las comen.

—¡Ah! Bueno… Si quieres se las guardamos porque… —Javier intenta cubrir el tema de su "suspensión"—. ¡Qué crees! Justo hoy Eloísa me aprobó las vacaciones que tenía ya contempladas para el mes de agosto. Entonces… No voy a… No estaré yendo a la oficina la siguiente semana, me la pasaré en casa.

—Entonces sí estás aquí por algo más, ¿en verdad te dio las vacaciones así como si nada o hay algo que me quieras compartir? —Javier se le queda mirando sin contestar. Silvia por su parte sale de la cocina caminando hacia la sala—. Si tienes hambre dejé sopa para que te sirvas. Y… —se detiene y gira la cabeza mirando a Javier de reojo—, agradece a Dios y sobre todo a Eloísa que no te hayan despedido del trabajo —dice antes de caminar y poner un pie en las escaleras que suben al segundo piso de la casa. Javier sale de la cocina y la encuentra sobre el quinto escalón.

—¡¿Hablaste con Eloísa?! —le grita a Silvia.

—Ve y sírvete de comer, Javier. Tu padre no tarda en llegar y necesito estar lista.

—¿Qué te dijo, Eloísa? ¡Dime!

—Ya, Javier. Voy a cambiarme para comer con tu padre y luego iremos a mostrar unos terrenos por a dos clientes por la Carretera Nacional.

—¡¿Qué chingados te dijo esa pinche vieja?! ¿Es que

nunca va a parar de meterse en nuestra vida?

Silvia detiene su andar por el noveno escalón, regresa hasta llegar al primer piso de la casa y se planta frente a Javier.

—¿Quieres saber qué es lo que me dijo esa "pinche vieja", Javier? —ella lo mira sin pestañar—. Me dijo que está muy preocupada por ti. Que desearía tener la respuesta para saber qué hacer contigo, pero hablarte se ha vuelto imposible. Que la única forma de conversar sin que te enfades por algo es dándote la razón. Pero ya no puede más. Le estás costando hasta su trabajo.

—¿Por qué la defiendes como si ella fuera la víctima? Después de lo que nos hizo todavía crees que merece que te apiades de ella.

—No hables así de Eloísa como si ella tuviera que arrepentirse de algo. Ella no tiene la culpa de nada.

—¡Ella tiene la culpa de todo!

—No, Javier. No la tiene.

—¡Es que no me lo creo!

—Javier, ¡por favor! Habla con nosotros... Busquemos ayuda... Créeme que me duele tanto verte así, mi amor —Silvia acerca su mano a la mejilla de Javier.

—¡Quítate! —le grita Javier retirándole la mano de su cara

—*Javi*, tú papá y yo te queremos. Por favor, déjanos ayudarte. ¡Háblanos!

—Tú deja de hablarme como si fueras mi madre.

—¡Lo soy! Aunque me lo niegues. ¿Por qué no puedes entender? Gracias a ti no he dejado de ser madre.

—No. No lo eres.

—Javier, esa discusión estúpida de que si soy o no soy tu mamá déjala a un adolescente. Ya pasamos por eso. Solo quiero que sepas que estamos para ti. A todos nos ha dolido por igual la pérdida de Arturo, pero aquí no hay culpables.

Javier se retira dejando a Silvia hablando sola. Sube por las escaleras de la casa hasta encerrarse en su habitación, entre las cuatro paredes donde Arturo y él crecieron juntos. Mira la esquina vacía donde yacía la cama de su medio hermano durante su infancia, antes de que se mudara a su propia habitación al otro lado del pasillo. En el escritorio de madera está la laptop que Javier usa para jugar en línea.

Se sienta sobre su cama y suelta un grito de coraje con las manos cubriendo su rostro. Le enfurece el atrevimiento de Eloísa por llamar a Silvia y contarle todo lo que pasó esa mañana en la oficina, como si él aún fuera el niño al que le mandan reportes en la escuela por indisciplina. Le llena de rabia que se fijen en sus errores, cuando Eloísa tiene la palabra *ASESINA* escrita en su frente. Odia que Eloísa salga indemne.

Javier se acerca al escritorio para encender su laptop y abre la bandeja de entrada del correo personal. Encuentra el último e-mail recibido de la agencia Aprecia Viajes.

Es hora de realizar modificaciones al viaje.

Es momento de romper a Eloísa.

CUATRO

Javier odió verse disfrazado igual que Arturo, ambos en sus smokings negros sentados frente al espejo de su habitación. Su tía Tere los peinaba aplicando mucho gel entre sus cabellos húmedos, pasando el cepillo de un lado hacia el otro hasta que no quedara ni un solo pelo fuera de lugar. Javier miraba en el reflejo cómo Arturo hacía falsos gestos de sufrimiento cuando su tía Tere lo estiraba hacia atrás con el cepillo. Ella se aguantaba la risa rogándoles que dejaran de moverse.

—¡Basta! Tengo que dejarlos muy guapos. Son los "damos de honor".

—¡Tía! ¡Qué no nos digas así! —le reclamó Javier por cuarta vez en el día.

—Ay, perdón hijo. Es que se ven bien *divis* con estos trajes. Qué buen gusto tiene tu mami para escoger ropa Arturo.

—¿De verdad? —preguntó Arturo mirándose extrañado en el espejo y estirándose las prendas oscuras.

—¡Sí! Es más, te vas a quedar en *shock* cuando veas a tu mamá con su vestido de novia. Yo la vi esta mañana cuando la estaban arreglando. ¡Se ve preciosa!

—Mi mamá es muy guapa con lo que se ponga —dijo Arturo—. Siempre anda muy arreglada, ¡hasta para salir al trabajo!

—Eso ni como negarlo. Así fue como conquistó a mi hermano de seguro, recuerdo cuando me empezó a hablar de ella…

—Pues mí mamá en su boda se veía igual o más guapa —interrumpió Javier—. Yo no había nacido, pero hay muchas fotos en los álbumes. Y en casa de mi abuelita está colgada la foto de mis papás el día de su boda. Todavía está puesta, ¿verdad, tía?

Tere pasó sus dedos por el cabello de Arturo una última vez y besó la nuca del jovencito. Le acomodó el cuello de la camisa blanca y enderezó la flor que colgaba en el pecho de su smoking.

—Pues tú ya quedaste, Arturito —dijo Tere poniéndole las manos sobre sus hombros— ¿Por qué no bajas a ver si ya llegaron algunos de tus primos? ¡Solo cuida mucho el traje! No lo vayas a maltratar o romper porque es rentado.

—*OK.* ¡Te veo abajo! —le dijo Arturo a Javier mirándolo a través del espejo antes de salir de la habitación.

Cuando Tere escuchó los pasos de Arturo bajar por las escaleras se colocó a espaldas de Javier y comenzó a acomodar sus negros cabellos.

—¿Cómo estás, Javier?

—¿Yo?... Bien…

—¿Nervioso por la boda?

—Hmmm, no… Yo no me estoy casando. ¡Es más! Yo no me casaré nunca, voy a ser solitario.

—¡Ja! Se dice "soltero" mi amor.

—Anda eso. Soltero. Voy a ser soltero toda mi vida.

—¿Y eso? ¿Por qué estás tan seguro? Apenas cumpliste doce años. Te queda mucha, pero muuuuuucha vida por delante. ¡Hombre, si supieras! Yo a tu misma edad ya tenía mi primer novio.

—¿A poco conociste a mi tío Efraín en la secundaria?

—¡Jaaaa! No mi amor —dijo Tere entre risas—. Tu tío Efraín no fue mi primer novio, a él lo conocí ya más grande. Muuuuuucho más grande.

—¿Entonces tuviste otro novio antes que él?

—¡Uffff! ¡Tuve muchos! Tantos que no recuerdo los nombres de todos. Claro que tu abuelita nunca se enteró. Me dijo que no podía tener novio hasta que terminara la preparatoria. Pero yo no le hice caso, a veces de jovencita me salía de la casa diciendo que "iba a la tienda", y aprovechaba para verme y platicar con algún muchacho en la esquina de la cuadra, y luego me regresaba a la casa. Bien paseada y contenta.

—¿En serio?

—¡Sí! O a veces, cuando tenía quince años, llegaban a la casa vecinas de tu abuelita con sus niños en brazos, les decía que me prestaran a sus hijos y sus carriolas para pasearlos por la colonia, y ahí aprovechaba para verme con otro novio que tenía a unas calles de casa.

—Oh… Qué loco —dijo Javier haciendo notar su desinterés por la conversación.

—Sí. Es muy bonito conocer personas nuevas y que además te hagan sentir cosas diferentes. A veces lo que hace mucha falta es la compañía de alguien.

—Sí, pero para eso también están los amigos y los primos. No los novios ni las novias.

Tere agarró la silla donde Arturo estaba sentado y se colocó a un lado de Javier. Puso las manos sobre el cuello de su camisa y comenzó a acomodarle su corbata.

—¿Tú por qué quieres ser "solitario"? Así como me lo dijiste. ¿No te gusta nadie en tu escuela?

—Pues no. No me gusta nadie. Y quiero ser sol… ¿cómo se dice de forma correcta?

—Soltero.

—Eso. Quiero ser soltero porque la vida así es más divertida.

—¡Ah! ¿En serio? ¿Cómo lo sabes?

—Pues… Porque sí. Haces más cosas y te diviertes más.

—¿Cómo que cosas?

—Pues… Por ejemplo, mi papá y yo siempre nos quedábamos los viernes por la noche a ver películas o íbamos al cine después de la escuela. Una vez fuimos de excursión a la montaña, caminamos demasiado hacia arriba que hasta pudimos ver un oso negro a lo lejos. Hmmm, ¿qué más? ¡Ah, sí! Cuando llegaba el fin de semana nos íbamos al McDonald's de aquí cerca a comer una hamburguesa y luego nos íbamos al boliche.

—Aaaah… Pero siguen yendo al boliche de vez en

cuando, ¿no? Yo me acuerdo que fui con ustedes hace como un mes a verlos jugar a ti y a Arturo. ¿Te acuerdas? Estábamos tu papá, Silvia y yo viéndolos jugar. Su otro amiguito, Darío, también los acompañó.

—Sí, pero ya no es lo mismo —dijo Javier muy serio mirándose en el espejo.

—¿Ah, no? ¿Por qué?

—Ya estoy listo, ¿no? Quiero bajar para ver si mi papá también lo está.

—Mi amor —Tere tocó con delicadeza el hombro de Javier—. Silvia es… Silvia es la novia de tu papi. Si ella los acompaña desde ahora en sus salidas no quiere decir que las cosas sean diferentes o aburridas. Sigues estando con tu papá, ¿no? Pueden seguir divirtiéndose juntos.

—Voy a bajar.

—Javier —dijo Tere agarrándolo del brazo, con delicada fuerza, antes de que Javier pudiera levantarse—. Escúchame por favor, mi amor. Puedes irte luego si quieres, solo déjame hablar primero —Javier giró los ojos, encorvó la espalda hacia delante y se cruzó de brazos—. Conozco a tu papá de toda la vida, es mi hermanito y lo veo casi como si fuera mi hijo pequeño.

—¿Como un hijo pequeño? ¡Pero es tu hermano!

—Sí, mi amor. Pero nos llevamos once años de diferencia. Yo le alcancé a cambiar los pañales y lo llevaba a la escuela cuando estaba chiquito. En fin, lo que te quiero contar ahora es la historia de cómo se conocieron él y tu mami.

—¡Ya me sé la historia, tía! Se conocieron en la preparatoria del centro de Monterrey y luego se casaron. ¿Ya puedo ir abajo?

—Esa es solo una partecita muy pequeña y rapidita de la historia, mi amor. Lo que te quiero contar es algo que no sabes y que es importante que, ahora que estás a punto de entrar a una etapa llamada adolescencia, lo tengas en cuenta.

—¿No me lo puedes contar otro día? Ya casi es hora de irnos. ¡Y mejor! Porque ya quiero que este día se acabe.

—Mi amor. Justo por eso necesito contártelo, para que este día también signifique algo para ti. Que tú, a tus doce años, sepas porque este día representa algo importante en la vida de todos los que vamos a presenciar esta unión —Tere se acomodó los cabellos por encima de su orejas y puso su mano en el hombro de Javier—. Esto que te voy a contar es para que entiendas que hoy, más que nunca, tu papá te necesita. Él se va casar por segunda vez con otra maravillosa mujer.

—¿Maravillosa? Solo existe una mujer maravilla y esa ya está con Superman —dijo Javier burlándose. Tere ignoró el comentario y continuó.

—¿Te contó alguna vez tu papá que perteneció a un grupo de vándalos? Aquellos que en la colonia les decían "Los Alacranes" —Javier se enderezó sobre el asiento y negó con la cabeza—. ¡Va! Pues mi hermano se juntaba con un grupo de malandros que los llamaban así: Los Alacranes. Se peleaban a cada rato con pandillas de otras colonias, y a veces se metían a robar a las casas de las vecinas para sacar algo de dinero. No te quiero hacer el cuento muuuuy largo, pero tu papá estaba muuuuy metido en esa onda, tanto que a sus catorce años comenzó a tomar cerveza, y le entraba muy duro a la marihuana y a otras sustancias. ¿Sabes lo que son las drogas, mi amor? —Javier asintió con la cabeza recordando la conferencia que tuvieron en la secundaria acerca de los efectos de las drogas y sus riesgos en la adolescencia—. Bueno, pues tu papá era un caso sin resolver. Se salía de la casa por la tarde y no regresaba hasta el siguiente día. Yo, con mucho esfuerzo trabajando de secretaria en una oficina del gobierno, logré que terminara la secundaria y le conseguí un lugar en la preparatoria, rogué demasiado para que me lo aceptaran. Necesitaba sacarlo de ese círculo de vicios y perdición que estaba viviendo a diario por culpa de las malas amistades, llegaba siempre a casa golpeado o borracho. Cuando entró a la preparatoria no fue fácil, él se negaba a asistir. Se saltaba las clases, no entregaba tareas, no iba a los exámenes; incluso me mandaron llamar porque era imposible que tu papá ingresara a los salones por el estado en el que llegaba, borracho o drogado. Fueron años muy difíciles, no pensé que tu papá podría salir del hoyo. Cuando creí que todo estaba perdido y que mi hermano viviría toda su vida en los vicios, ¿qué crees que pasó? —Javier abrió los ojos y miró fijo a su tía Tere—. Pues te diré… Conoció a tu mami —Javier tomó de las manos a su tía Tere y las apretó con fuerza como obligándola a que le contara más, ella apretó sus manos de vuelta—. En un nuevo semestre, tu mamá entró a la misma preparatoria con tu papá. Como tu padre se la pasaba reprobando a lo idiota se atrasó en muchas materias, fue ahí que tuvo clases con tu mami. Al principio, según me contaba tu mamá, ella no le hacía caso a tu papá, era él quien se acercaba insistente a hablarle a ella. Me decía tu mamá que él le rogaba y rogaba para que salieran un día juntos, y ella siempre se negaba, me confesó que no le gustaba para nada. ¡Imagínate! En esa época tu papá tenía un aspecto demacrado y sucio, como cuando tú y Arturo se desvelan jugando toda la noche videojuegos y no se bañan en todo el fin de semana. Y bueno, fue hasta que tu mami se cansó de decir: no, no y no, cuando por fin aceptó una salida con tú papá, la condición que ella puso fue que tenían que verse cerca de la escuela y no podía quedarse hasta muy tarde. Ambos decidieron ir por una nieve a la Macroplaza del centro de Monterrey. Fue en esa primera cita cuando todo cambió porque, ¿qué crees que hizo tu padre? —Javier alzó los hombros—. Pues al menso se le ocurrió sacar y encender un porro de marihuana y ofrecérselo a tu mamá, ¡en la primera salida juntos!

—¿Mi papá?

—Así como lo oyes mi amor, tú papá estaba tiradísimo en la fumadera. Vas a escuchar a muchos que es natural y que no pasa nada. No es algo que te deba asustar, eso existe y seguirá existiendo, pero la realidad es que a la larga todo se complica porque dejas que la sensación de bienestar te la genere una sustancia, y tu papá no podía dejarlo ni por un segundo. Hasta que ese mismo día de la cita tú mamá le dijo: si te fumas eso no quiero que me vuelvas a hablar. ¿Y qué hizo tu papá? Se tiró sobre la banca en la que estaban sentados, la ignoró y dio el primer toque, y siguió y siguió.

—¿Y qué hizo mi mamá?

—¡Lo que yo hubiera hecho! Se levantó y se fue dejando atrás a tu padre. Cuando estaba a punto de abandonar la plaza en la que estaban, tu papi fue por ella y le pidió que se quedara, que no era para tanto. Tu mami no pudo más y le escupió la verdad en la cara sin más, le dijo que su hermano había muerto de una sobredosis, y se alejó lo más rápido que pudo.

—¿Un qué?… ¿Un hermano? O sea…

—Tu mami tenía un hermano, mi amor. Un tío que nunca conociste. Una vida que se fue por culpa de las chingadas drogas pinches —Javier se vio en el espejo, sus ojos tenían una mirada profunda. Tere lo abrazó acercándolo a ella y besó su cabello—. Es una historia que tal vez no me correspondía a mí contarla, Javier. Pero tiene un mejor final —Javier volvió la mirada hacia su tía—. Después de que tu mami le confesara a tu papá lo de su hermano, como por arte de magia, tú papá fue renunciando a sus vicios poco a poco. Frecuentó cada vez más a tu mami, ella con la intención de ayudarlo le compartió el viaje de su difunto hermano, desde su primer acercamiento a los vicios hasta el final; le contó su testimonio de cómo sufrió al ver a su hermano desvanecerse ante ella sin poder evitarlo. Contaba que su hermano le prometía y le prometía que todo estaba bien, que él siempre lo tendría controlado, ella le creyó, no le quedaba más que esperar a que él encontrara su camino de regreso a la realidad. Bastaron solo meses para que tu mami perdiera al único hermano que tenía. Por esa razón ella no podía ni quería estar con tu papá. No estaba dispuesta a entrar en el mismo círculo de muerte y perder a más gente en su vida. Después de eso tu papá no solo fue alejándose del vicio, sino que comenzó a poner atención a la escuela y a las materias, también a nosotros su familia, a los quehaceres de la casa y hasta se consiguió un trabajo de cargador y transportador de muebles para aportar a los gastos. Vaya…, se convirtió en una mejor persona. Él me contaba en ocasiones de la joven que había conocido en la preparatoria y que por ella estaba cambiando, pero no fue por ella solamente. Me confesó que se dio cuenta que la vida era lo que estaba pasando mientras él estaba metido en el vicio. Que si la joven que le gustaba no entraba a su mundo es porque había algo más allá de su realidad que él no veía. Y que el camino que estaba siguiendo no era el indicado. Le empezó a cambiar todo a tu papá: la cara, las manos, la piel, ¡todo! Todo le cambió cuando dejó de consumir sus *mugreros* y se concentró en él. No sabes lo feliz que fui al ver a mi hermano pasar por su certificado de preparatoria luego de años y años intentando hacerlo cambiar. Ya lo que hiciera con su vida desde ese día sería decisión de él, pero no me preocupaba porque sabía que iba por buen camino, y sobre todo, que en el viaje de su vida lo acompañaría Perla… Tu mami. —Javier abrazó a su tía al escuchar en voz alta el nombre de su madre, y chilló entre sus pechos. Tere acarició su espada de arriba hacia abajo consolando al jovencito—. Nos dolió mucho su partida aquellas vacaciones, el mar es traicionero, nunca entres si no conoces las corrientes o si te encuentras solo. Cuando fuimos al entierro de Perla, tu papá te tenía cargado en brazos, te abrazaba tan fuerte porque tenía miedo hasta de soltarte, eras un bebé tan frágil. Eras lo único que le quedaba de ella, y ante su lápida prometió cuidarte siempre. Y ha cumplido su promesa, ¡mírate aquí! En tu casa, yendo a la escuela, con techo y comida, no te hace falta nada. Y por eso te quiero preguntar, ¿eres feliz con tu papá?

—Sí. ¡Mucho!

—Pues… Así como él te ha hecho muy, ¡pero muy feliz! Él también quiere serlo, así como lo fue alguna vez con tu mamá. Nadie la va a remplazar, mi amor. Pero tu papá quiere a alguien que lo acompañe en su viaje de vida. Y qué mejor que sea la mamá de tú mejor amigo. ¿No te pone feliz la idea de que Arturo y tú van a vivir juntos? Yo sé que siempre se queda a dormir los fines de semana para jugar al Nintendo.

—PlayStation —corrigió Javier.

—Ándale, eso. Tú papá seguro habló contigo de esto desde hace mucho, ¿verdad? —Javier asintió—. Bueno. Yo lo que quiero es que sepas que tu papá no ha tenido una vida fácil, y que en el camino ha tenido la suerte de encontrarse a personas como tu mami y Silvia, personas que lo hacen feliz y que le regresan ese brillo en los ojos que yo siempre le vi desde niño. Y hoy más que nunca necesita de tu apoyo, él siempre te va a poner a ti primero ante todo. Pero sería bueno que esta vez lo pongas a él por delante. Que mires por su felicidad. Él estará muy feliz si pones una sonrisa y festejas este día que es muy especial para él.

Javier se miró en el espejo y supo que no era el mismo joven de hace apenas minutos. En su mundo había desaparecido el aborrecer del día. Se levantó de su silla y extendió la mano hacia su tía.

—¡Vamos! Tenemos que ir a la boda de mi papá y Silvia —y ambos bajaron tomados de la mano.

En la planta baja el novio se encontraba vestido y perfumado para el evento de esa misma tarde. Arturo platicaba en los sillones de la sala con su nuevo primo Hugo, hijo de su nueva tía Tere. Afuera de casa los esperaba el tío Efraín conduciendo su camioneta RAM, adornada con flores blancas sobre el cofre y listones color beige amarrados en moño sobre las manijas del vehículo. Tere subió con su esposo Efraín en los asientos delanteros mientras Javier se acomodó con su papá, Hugo y Arturo en el asiento trasero. Juntos llegaron a la iglesia donde se llevaría a cabo la ceremonia religiosa. Javier miró a Arturo saludar a personas que para él eran desconocidas y que no paraban de llamarlos a ambos "los carnalitos". Las puertas de la iglesia se abrieron permitiendo que las personas en vestidos y trajes elegantes ingresaran a tomar lugar en las largas bancas de madera dentro del recinto. La tía Tere acomodó a Javier y a Arturo en la banca más cercana al altar, a tan solo metros de donde el padre de Javier se encontraba. La música hizo que todos los invitado se levantaran y dirigieran su mirada a la puerta donde Silvia caminó de la mano de su padre Edmundo, el nuevo abuelito de Javier. Cuando Javier giró la cabeza hacia donde su padre vio algo que nunca había presenciado, lágrimas en sus ojos y una sonrisa temblorosa. Mientras Silvia se acercaba al altar Javier sintió como su pulso aumentaba. Su padre estaba a punto de comenzar un viaje distinto. Un viaje en donde ya no solo él lo acompañaba, sino que se sumaban dos personas más, y que a una de ellas Javier lo quería como el hermano que jamás tuvo, como el hermano que su mamá Perla alguna vez amó y perdió. De sus labios salió un minucioso "gracias" al ver a Silvia pasar frente a él.

Al terminar la ceremonia religiosa, los novios salieron por la puerta acompañados de Javier y Arturo. Este último le gritó:

—¡Javier! ¡Ahora sí somos familia!

Javier lo abrazó sin contestar y no lo soltó. Se aferró a la feliz idea de que Arturo sería quien lo acompañaría en el viaje del resto de su vida.

Modificaciones en su viaje

APRECIA VIAJES <atencionaclientes@apreciaviajes.com>

29 julio 2022, 16:17

¡Hola, Sr. Javier! Se realizaron los cambios en su viaje

Conforme a lo acordado por teléfono, se realizó un cambio en su reserva para reducir el número de personas que viajan al destino. Se hizo también la modificación en el tipo de habitación que se tenía contemplado en un principio.

Le recordamos que no es necesario realizar pagos extras, el saldo a favor que depositó al inicio cubre la reserva y los cambios en dicho trámite.

A continuación le presentamos los detalles de su reserva en línea.

Código de reserva: PXZHO

Fechas de viaje: lunes, 1 de agosto de 2022 - viernes, 5 agosto de 2022

Destino: Tulum, Quintana Roo, México.

Hotel: QUINTA VILLA TULUM

Tipo de habitación: Búngalo privado en La Villa con vista al mar.

Huéspedes: 1

¡Tienes transporte incluido! Recoge tu vehículo alquilado al salir del aeropuerto utilizando tu mismo código de reserva.

Si desea realizar modificaciones en su reserva puede hacerlo en el siguiente enlace:

MODIFICAR LA RESERVA

CINCO

Los oscuros rizos de Javier bailan con la brisa que entra por la ventana del auto. La humedad lo golpea a ciento veinte kilómetros por hora sentado en el asiento piloto, mientras en la radio suena *La incondicional* de Luis Miguel. En sus lentes negros de sol se refleja la larga y angosta carretera que va desde Cancún hasta Chetumal, cubierta de árboles bajo el radiante cielo azul. Algunos hoteles de lujo se alzan en medio de la Riviera Maya jalando las pupilas de Javier por segundos, al igual que los anuncios panorámicos que lo invitan a las atracciones y espectáculos que se llevan a cabo en Cancún y Playa del Carmen. Ha manejado por más de una hora rumbo a Tulum desde el aeropuerto internacional de Cancún. Da un trago a una botella de agua que lleva entre sus piernas y se seca las gotitas que caen en su pecho con la manga larga de su camisa azul pastel. Lleva puestos unos mocasines café claro con los que pisa los pedales del auto, el calzado lo decoran borlas de tela sobre el empeine; los pantalones cortos color beige le regalan el toque final a su conjunto que lo hacen sentirse el *mirrey* que se ha inventado desde hace años.

Salió de casa de madrugada, vestido y perfumado, sin avisar a su padre ni despedirse de Silvia, para dirigirse rumbo al aeropuerto internacional de Monterrey. Lleva la gorda cartera dentro de su bolsillo izquierdo del corto pantalón llena de dinero en efectivo; el mismo dinero que Silvia le dejó la noche anterior dentro de su maleta de mano en un sobre cerrado, encima del papel venía escrito: *para que no gastes de tu dinero.* Las gracias no le llegaron a Silvia ni por mensaje de texto, y a pocos minutos de su llegada al hotel en Tulum Javier siente que es demasiado tarde para dárselas, o que la verdad no quiere hacerlo. Con el acelerador casi tocando fondo se aproxima hacia el centro de Tulum y baja la velocidad al ver que el tráfico comienza a formarse ante él. La carretera se ha civilizado. Transita en medio de negocios y restaurantes que avivan la localidad caribeña. Corta camino hacia su derecha en una calle que piensa lo llevará a su destino final. Ante él se extiende una cuadra con pequeños negocios de la localidad en los que destacan una ferretería y una pequeña tienda de abarrotes. Sube los vidrios del auto para sentirse protegido ante lo desconocido y sigue recto por la misma calle. Nota que a distancia una nube de humo se alza hasta el cielo. A su mente vienen las imágenes de las ceremonias y rituales que ha visto por internet se realizan en la zona, se acerca pisando muy leve el acelerador cuidando no interrumpir lo que sea se esté llevando a cabo más adelante; al dar vuelta se encuentra con un puesto de pollos asados con un fuego que levanta la humareda. Se estaciona frente al comercio y consulta su celular para revisar direcciones. En la pantalla ve las insistentes llamadas de su padre, que no han parado de llegar desde que aterrizó cerca de la Riviera Maya, el celular y él se han mantenido en silencio. Tres golpes en el vidrio derecho del auto lo obligan a retirar la mirada de su aparato, un señor moreno con delantal blanco le habla del otro lado. Javier no baja demasiado el vidrio y escucha al hombre preguntarle si necesita ayuda.

—Busco el hotel Quinta Villa Tulum, *compi* —le dice Javier—. Son unas tipo villas, ¿sacas?

—¡Ah! Esos han de estar al otro lado, carnal, en la zona hotelera. Regrésese por esta misma calle y al otro lado de la avenida seguro que lo encuentra.

Javier pone la dirección en el GPS de su celular y confirma lo que le acaba de decir la persona a su lado.

—Oiga, joven, ¿no se lleva medio pollo para el camino? Ya ve que es tarde y para que no pase hambre. Aquí mi hija también le puede hacer unas micheladas, ¡son buenísimas! Todos los extranjeros y compatriotas que vienen nunca dejan de recomendarnos.

Javier lo escucha e ignora subiendo el vidrio del auto y arranca sin darle las gracias, que al parecer nadie las merece hoy en día. Regresa a la avenida principal y la cruza hasta encontrar la entrada a la zona hotelera de Tulum, aquella que se encuentra muy próxima al mar. La localidad con negocios se aleja a sus espaldas mientras la vegetación de la zona llega a cubrirlo por ambos lados de la carretera. El camino de asfalto se reduce a un carril angosto decorado por palmeras. La naturaleza lo invita a continuar avanzando en línea recta. Siente que conduce perdido entre tanta vegetación hasta que a su izquierda se asoma el extenso mar azul entre las ramas de los árboles. Baja los vidrios como al inicio del viaje y la humedad entra de golpe a su vehículo. Respira. El mar se vuelve a esconder, ahora tapado por los muros de hoteles y aldeas que se extienden a lo largo de la calle de doble sentido. Conduce hasta que el anuncio tallado en madera se levanta a su costado izquierdo: *QUINTA VILLA TULUM*. Busca un cajón disponible en el pequeño estacionamiento del hotel para después sacar su maleta de la cajuela e ingresar.

Levanta la mirada sorprendido por estructura y decoración de la recepción del hotel. Los colores oscuros y a la vez cálidos predominan en las columnas y muros que sostienen el techo de palma seca. La poca iluminación de luces amarillas y algunas velas regalan al hotel una atmosfera de tranquilidad. Javier llega a la mesa de recepción y proporciona sus datos personales a la encargada. Una vez confirmada su reserva, le hacen entrega de su llave de habitación junto con una hoja con todos los reglamentos del hotel. El botones en turno se acerca a arrastrar la pesada maleta de Javier hasta el búngalo asignado. Javier lo sigue por un camino de madera construido por encima de piedras y arena, como simulando un muelle pesquero que va rumbo al mar. Acostadas sobre un campo de césped, y una encima de otra, Javier ve a dos iguanas tomando el sol de la tarde que se siente arder en la piel. Entre las palmeras se escucha la brisa y las olas del mar que acechan la costa a pocos metros. Javier admira los otros búngalos que son parte de la villa al igual que sus nombres grabados en las puertas: *Zafiro*, *Diamante*, *Perla*. Ese último le recuerda a su madre, se detiene por segundos. Mira el nombre *Perla* escrito sobre la puerta del búngalo, luego admira el mar detrás de la choza, el mar que se la llevó. El botones lo llama de lejos para que lo siga. La maleta de Javier toca la arena blanca que decora la entrada del búngalo que lleva por nombre *Rubí*. El botones sacude la arena en la parte inferior de la puerta de madera y la empuja hacia adentro. Invita a Javier a pasar y él se sorprende al ver el lujoso y pequeño espacio. Cuatro postes de madera se levantan en las cuatro esquinas de la cama matrimonial, de ellos cuelgan delicadas telas blancas que caen y cubren cada orilla del colchón. La luz natural entra desde el ventanal, que al abrirlo brinda acceso al pequeño balcón exterior con el mar de fondo. Javier se acerca y recorre el cristal, de golpe siente la vibra del mar. Cierra los ojos, respira hondo estirando los brazos hacia los lados y suspira al mismo tiempo que sus párpados se abren hacia el horizonte. Detrás de él escucha al botones acomodando su maleta sobre una baja y amplia mesa de madera. Javier entra, quiere asegurarse que el botones no deje marcas o golpe en su costoso equipaje. El botones lo mira y sonríe.

—Que pase una excelente estancia en Quinta Villa Tulum, señor.

—Cierre la puerta cuando salga —responde Javier, luego toma una botella de agua que se encuentra sobre el peinador a un lado del espejo de la recámara, y regresa al balcón.

El azote que da la puerta cuando el botones se retira le brinda a Javier mucha paz. Una paz que le dura segundos cuando la nostalgia le invade el pensamiento y las lágrimas brotan de sus ojos. Ha llegado a su destino… Solo… No se suponía que llegaría solo. Se sienta sobre el único camastro que hay en balcón y lucha para que su mente no se quede en el pasado, quiere que viva en el ahora. Se acuesta sobre el camastro con la cabeza recargada y con ambas piernas estiradas, dedica su completa atención en escuchar el vaivén de las olas, se relaja unos minutos sintiendo que se va a quedar dormido en cualquier momento, hasta que la vibración de su celular se sobrepone ante el sonido natural. Saca el aparato de su bolsillo derecho del pantalón corto y mira una video llamada entrante de su papá. No puede ignorarlo más. Contesta.

—Hola, pa' —dice Javier mirando a su padre en la pantalla. Le sorprende y asusta que con cada año que pasa la imagen de su padre se convierte en el reflejo de él mismo.

—¿Cómo estás? —pregunta su padre en tono seco—. ¿Llegaste?

—Estoy bien. Voy llegando a la habitación del hotel. Bueno, en realidad es una villa con búngalos a la orilla del mar.

—Sí, lo sé. Lo vi en internet cuando separamos el viaje. ¿Por qué no me contestaste el teléfono antes? Me tenías preocupado. Ni siquiera nos avisaste cuando saliste de la casa.

—Estaba manejando, pa'. ¿Qué querías? ¿Que chocara? Y eran las tres de la mañana cuando salí de la casa, no quería despertarlos. Además estoy bien. La... La vista desde mi búngalo es muy bonita. Mira... —en el celular pulsa la opción para mostrar la cámara trasera, en la pantalla se ve la vegetación y el mar en una nítida calidad—. ¿Lo ves? —pregunta Javier, pero su padre no contesta. Javier lo mira serio en la pantalla—. ¿Hola? ¿Me escuchas?

—Sí..., te oigo, Javier... Sabes que el mar no me trae bonitos recuerdos, pero no puedo impedirte estar ahí. Prométeme que te vas a cuidar. El mar... El mar es traicionero. Y... Y estás viajando solo.

—Pa', ¿sabías qué no solo el mar es traicionero? —Javier deja de mostrar el mar en su celular y regresa a proyectar su cara en la pantalla—. Nuestro propio cuerpo también nos traiciona. Entonces… ¿para qué cuidarse tanto de lo que pase en el exterior? ¿Por qué tenerle miedo al mar, a los terremotos, o a la delincuencia? De una u otra forma todo se va a la chingada en un puto instante… Y sin avisar.

—¡No hables así! —alza la voz—. Te prohíbo que cargues esa actitud que ya me tiene hasta la fregada. ¿No te das cuenta el dolor que nos provocas a todos cuando hablas así? ¿El daño que te estás haciendo?

—No me hables de dolor ni de daño, pa'. Ni tú ni Silvia saben lo que siento.

—¿Yo no lo sé, Javier? ¡Perdí a tu madre! ¿Silvia no lo sabe? Ella ha sufrido más que nosotros dos juntos… Era… Era su hijo.

—¡Y era mi hermano, papá! ¿Por qué insisten en competir por ver quién ha sufrido más y quién debe sentir menos dolor? No se los voy a permitir. A ustedes no. Tú y Silvia se tienen el uno al otro. Yo no tengo a nadie.

—Eso no es cierto y lo sabes, Javier. Nos tienes a nosotros. Pero déjanos ayudarte. No tienes que vivir este duelo en soledad. Todavía no es tarde. Regresa a Monterrey. Escucharemos lo que sea que quieras decirnos y trataremos de ayudar, pero hagámoslo juntos, como la familia que somos.

—El único que en verdad me escuchaba ya no está. Y él era… Él era… —Javier suspira aguantándose el llanto—. Mira… No voy a regresar… Vine aquí para sanarme a mí mismo y arreglar las cosas a mí manera. Así que no pierdan su tiempo intentando ayudarme.

—¿Arreglar las cosas? ¿De qué hablas, Javier? ¿Qué cosas? Dime si puedo…

Javier apaga el celular justo después de colgar con su padre. Respira. Siente el beso del viento por su rostro. Mira el mar, tan azul y sereno. Siempre le ha costado creer que es el mismo mar que se llevó a su madre veintiocho años atrás. Sabe que a su padre las aguas le reviven el trauma del pasado, pero él se rehúsa a vivir en los recuerdos y en los dolores ajenos. Entra de nuevo a su dormitorio y decide salir a explorar la villa. Sale del búngalo sin cargar nada en sus bolsillos salvo la llave la habitación, una llave convencional que la mayoría de los hoteles ya casi no usan, y se coloca unos lentes de sol sobre su cabeza. Avanza con pasos largos entre los búngalos de la villa y sobre el camino de madera que desciende hasta la orilla del mar. Se retira el calzado cuando el camino conecta con la arena. Cada uno de sus pasos se hunde entre los delicados y tibios granos. Camina hasta que la espuma del mar se postra bajo la planta de sus pies. Observa el esfuerzo que hacen las olas por tocar la punta de sus dedos. Da tres pasos más al frente y su cuerpo se conecta con el mar.

Y la siente.

—Mamá —musita a la brisa.

El viento y el sol lo cubren, el agua lo acompaña. Mira hacia el horizonte donde la línea del mar y el cielo se unen. Siente un impulso en sus adentros por continuar andando y acercarse lo más que pueda a ella. Si el mar se la llevó, que se lo lleve a él también. A ese viaje desconocido. Recuerda lo que quería decirle a su padre hace minutos y se lo confiesa al mar.

—El único que en verdad me escuchaba y se preocupaba por mí ya no está. Él era quien me acompañaría en el viaje del resto de mi vida —da un paso, luego otro. El agua le llega a las rodillas. Cierra los húmedos ojos dando otro paso—. La vida me ha quitado el poco afecto que di —sus rodillas se hunden en el agua. Quiere entrar e irse. Luego escucha un grito.

—¡Oiga, joven! ¿No le interesa un paseo en lancha?

Javier abre los ojos y voltea. Mira a una chica vestida toda de blanco, con gorra, playera manga larga y shorts. Se percata de toda la gente que se encuentra en la playa: turistas acostados en la arena; personas comiendo en las cabañas de playa; jóvenes tomando cocteles en el área del bar; algunos niños jugando voleibol playero o construyendo su primer castillo en la arena. Según él, hace un momento la playa se encontraba vacía, tal vez sí, tal vez no. Imposible saberlo ahora. La chica de blanco se acerca a Javier.

—Buen día, joven. Soy Gladis, la encargada de entretenimiento aquí en Quinta Villa Tulum. El día de hoy estamos ofreciendo un paseo en lancha a cualquiera de los puntos que sea de su interés. Contamos con transporte redondo incluido, o sea se hace de ida y vuelta, a cualquier parte que usted desee visitar. ¿Gusta ver las opciones que tenemos? —le acerca un panfleto—. O si gusta disfrutar de las amenidades del hotel, contamos con un área de spa para que pueda relajarse durante su estancia...

—Ajá, sí. Muchas gracias... ¿Gladis? —ella asiente—. Mira, la verdad es que voy llegando y solo quiero caminar por la orilla del mar, no quiero saber nada de actividades el día de hoy.

—No hay problema, joven. Si le interesa alguna de nuestras actividades recuerde que mi nombre es Gladis. Con dar mi nombre en la recepción del hotel le dan mis datos y yo me paso a comunicar con usted. ¿De acuerdo?

—Sí, sí. Gracias.

—De nada, joven. ¡Bienvenido a Tulum! Qué pase un excelente día.

Javier mira a Gladis alejarse playa adentro hacia el área de los camastros, la escucha hacer la misma pregunta a un matrimonio de señores adultos: "¿No les interesa un paseo en lancha?". Con los ojos de regreso hacia el mar, Javier voltea hacia ambos lados de la costa y distingue algunos otros hoteles que se extienden a lo largo de la playa. A su derecha ve algunos búngalos que pertenecen a la misma villa donde se hospeda; a su izquierda ve la playa haciéndose más y más larga, decide caminar hacia aquella dirección sabiendo que muy probable se dará el encuentro que tanto lleva esperando, la razón de su viaje. Las plantas de sus pies van tocando el agua en varias idas y venidas del mar, recorre al menos un kilómetro hasta que encuentra lo que buscaba: tres pequeños edificios de color blanco que se alzan entre palmeras, cada uno con su propia arquitectura y esencia tropical. Ve a una pareja de hombres besarse sobre una cama de playa a las afueras de uno de los edificios y a un grupo de amigos jugando futbol sobre la arena. Continua escaneando con la mirada aquella parte de la playa, hasta que su mirada se enfoca en un vestido de playa blanco que baila con el viento en la orilla del mar, bajo una larga cabellera negra.

Debajo de aquella fina tela blanca y esos oscuros listones se encuentra ella.

Eloísa.

SEIS

El diablo atrajo al ángel hasta el cementerio para ambos recostarse por encima de las húmedas lápidas, que se doblaban y desintegraban con tan solo tocarlas. El ángel se despojó rápido de sus alas para que el diablo pudiera acariciar su espalda con sus delicadas manos y largas uñas. El diablo permitió que el ángel jugara con la delgadez de su cola y conociera la firmeza en sus piernas. Las miradas de ambos seres se encontraron bajo la luz roja del infierno. El ángel abrió su boca inexperta acercándose a los labios rojos que tenía de frente. El diablo probó el desagradable sabor del vicio.

—¡Ahg! —dijo Yolanda separándolo de ella—. ¿Estuviste fumando?

—Eeeeeh. Me fumé un cigarro —contestó Javier mientras la veía acostada bajo su pecho—. Me lo regaló Darío cuando llegué.

—¡Puaj! Odio el sabor a cigarro. ¿No tienes un chicle o una pastilla de menta?

—Hmmm, no. No tengo. Puedo entrar a la casa y pedirle a alguien en la fiesta.

—No, ya olvídalo. ¡Ven! —y lo acercó de nuevo hacia ella, esta vez metiendo su lengua en la boca de él sin importar el sabor.

Las manos traviesas de Javier se colaron por debajo de la falda roja de Yolanda, ella se las quitaba de encima cuando las puntas de sus dedos deseaban conocer por debajo de su ropa interior. La erección de Javier crecía bajo la barata túnica blanca que llevaba puesta encima de su ropa. Los cuerpos de ambos giraron el uno sobre el otro sobre el húmedo césped, entre un jardín decorado con falsas lápidas de cartón pintadas de gris y con nombres de personalidades fallecidas de la música mexicana: *Selena Quintanilla, Pedro Infante*. Por encima de ellos, colgado entre las ramas del árbol en el patio trasero de la residencia, un foco rojo los alumbraba y escondía de la multitud al interior de la casa. El calor de sus cuerpos aumentaba con el rozar de sus pieles.

—Oye… Tengo algo —le dijo Javier estando de nuevo sobre Yolanda. Pasó su mano izquierda por encima de su túnica y la levantó hasta encontrar el bolsillo de su pantalón, y le susurró muy cerca al oído—. Traje un condón.

—No —ella lo separó de inmediato agarrándolo por las orejas—. No voy a hacerlo aquí.

—¿Por qué no?

—No lo voy a hacer en un cementerio falso, vestida de diablita, y con la mitad de la prepa a cinco metros.

—Entonces, ¿entramos a un cuarto? Darío nos puede prestar el suyo.

—No, Javier. Vamos a seguir besándonos y ya —Yolanda puso su mano en la nuca de Javier metiendo sus uñas entre sus rizos negros y lo acercó hacia ella, pero Javier se separó de su boca.

—¿No quieres hacerlo entonces? ¿Así de plano?

—No, Javier... Aquí no… Ni adentro de la casa, ni hoy.

—O sea que solo me andas calentando los huevos —Javier se separó de ella y se arrodilló sobre el césped—. Si no vas a ceder entonces dime, ¿para qué chingados te me insinuaste toda la semana antes de venir?

—¡¿Disculpaaaaa?! —alzó Yolanda la voz—. ¡En ningún momento hice tal cosa!

—¡Claro que sí! Esa era la idea de venir aquí juntos.

—¡¿Qué?! Tú me invitaste a venir a la fiesta. Yo te dije que sería divertido ponernos trajes a juego con la temática. ¿En qué momento te dije que quería algo más que no fuera venir a la fiesta de Halloween?

—¡No te hagas la ingenua! Cuando fuimos a comprar los disfraces te saliste del probador para mostrarme como se te veía el disfraz. Hasta te levantaste la faldita para que te viera las piernas y meneaste la colita de diabla. Si no te me insinuaste, ¿para qué hiciste eso entonces?

—¡Para que me dieras tu opinión de cómo se me veía! ¡Y sí! Te coqueteé un poco. Pero eso no te da entrada a que me faltes al respeto diciendo que te caliento los huevos o que te estaba insinuando algo más.

—Yo sí lo interpreté como algo más —Javier se acercó de nuevo a Yolanda y se acostó a su lado sobre el césped. Casi pudo oler el aroma del champú en su cabello semirubio—. ¿Entonces no quieres hacer nada?

—No.

—Bueno… Pues vamos a seguir besándonos y ya.

—¡No, Javier! ¿Cómo quieres que te bese después de lo que me acabas de decir? Yo no quiero hacer nada y tampoco me insinué. Ya con el simple hecho de saber que me quieres coger se me quitaron las ganas hasta de besarte.

—¡Aaay! Qué mamadas estás diciendo. Anda, ven. La estábamos pasando muy bien —Javier se acercó a besarla de nuevo. Yolanda lo alejó empujándolo por los hombros.

—¡Qué no! ¡No quiero! Vamos a entrar a la casa mejor. Tengo sed.

—¡Ah! Pues yo digo: no. ¡Vamos a quedarnos aquí! —e insistió en besarla tomándola con fuerza por la cintura y jalándola hacia él.

—¡Quítate! —gritó Yolanda—. ¡No quieroopddss… —le costó hablar por los labios de Javier sobre los de ella, y comenzó a dar golpes por la espalda de Javier.

Él no se detuvo. Su cuerpo ardía al sentir los labios cerrados de Yolanda frente a él. Deseaba abrirlos a como diera lugar. En su espalda sentía los golpecitos de Yolanda, pensaba que pronto se cansaría y volvería a acariciarlo. Cuando creía que Yolanda estaba a punto de ceder su boca, algo lo separó de ella jalándolo de su túnica blanca y lo levantó con fuerza.

—¡¿Qué haces?! —gritó Javier al joven que lo sostenía de espaldas.

Yolanda se levantó del piso con rapidez cuando dejó de sentirlo encima. Aprovechando la inmovilidad de Javier, se acercó y lo abofeteó con tal fuerza que una se sus uñas rojas se desprendió y salió volando.

—¡Imbécil! —le gritó Yolanda a Javier. Caminó con dificultad sobre el césped por los altos tacones que llevaba puestos hacia la puerta trasera de la casa. Llevaba el dedo anular metido en su boca, lambiendo la sangre de su herida por la uña perdida.

Javier se sobó la mejilla izquierda antes de girarse y ver al indeseado entrometido. Lo tenía de frente vestido con un disfraz de Iron Man de pies a cabeza.

—¡¿Qué te pasa pendejo?! —Javier lo empujó por el pecho con ambas manos.

—¡No chingues, Javier! —dijo Arturo manteniéndose firme ante el empujón y retirándose la máscara que cubría su rostro—. ¿Qué pasa contigo?

—¿Qué pasa? ¡Me interrumpiste!

—No. No te interrumpí, ¡te detuve! ¿No viste que Yolanda quería que te quitaras de encima?

—Estábamos en lo nuestro. ¡Te pedí que me cubrieras!

—Me pediste que te cubriera para que nadie saliera de la casa y viera lo que estaban haciendo, pero no iba a dejar que la obligaras a hacer algo que ella claramente no quería.

—¿Y eso a ti qué más te da? Eso iba a quedar entre ella y yo. ¿Oíste? ¡Ella y yo!

—Y si a Yolanda se le ocurre llamarle a su hermano y a su papá para que vengan a partirte tu madre, ¿también les dirás eso? ¿Que eso es algo entre ella y tú?

—Eso te encantaría a ti. Qué me partieran la cara.

—Si alguien viniera a meterte unos vergazos yo entraría a defenderte, aún sabiendo que te los tenías bien merecidos. ¡Pero ese no es el punto aquí! Acuérdate lo que mamá nos dice siempre: no puedes obligar a nadie a hacer algo que no quiere. ¿Quieres que te denuncien?

—¡Puf! Tenemos diecisiete, tampoco es como que me

puedan meter a la cárcel tan fácil. Y tu mami Silvia anda muy controladora. Está detrás de mí como si yo fuera su propiedad, se nota que a ti sí ha logrado manipularte.

—¡Y dale con lo mismo! Nadie nos manipula, pendejo, pero tú no mides lo que dices y haces. Y siempre tengo que entrar yo a limpiar tu cagadero. No es la primera vez que lo hago, pero te aseguro que si será la última. No soy tu mamá, soy tu hermano.

—Exacto, no eres mi mamá. Ni Silvia tampoco. Mi ma' está muerta.

—Javier… No te pases.

—Es la verdad. No lo digo porque me duela. Pero algo que deben entender tú, mi papá y Silvia es: ¡no tienen que intentar remplazarla! Se esfuerzan demasiado por llenar el espacio. ¡Y no lo necesito!

—Yo no hago eso. Solo digo que tienes que pensar antes de actuar. No siempre tendrás a alguien cuidándote la espalda.

La puerta de la casa que da hacia el patio se abrió de golpe. Darío, un joven moreno con una cicatriz en la ceja izquierda, salió de la casa sosteniendo una cerveza en mano llamando a Javier y Arturo.

—¿Qué hacen aquí afuera? Ya vamos a empezar el torneo de *beer pong*.

—¡Ya vamos! —le gritó Arturo a Darío.

—¡Pero como si tuvieran un cuete en el culo! —contestó Darío—. El equipo es de tres personas y necesito a mis dos perritas entrenadas —dio un trago a su bebida y regresó al interior.

—¿Ahora qué? —dijo Javier— ¿Vas a darme más lecciones de vida como Silvia y mi papá?

—No, yo no soy ellos. No voy a darte lecciones de nada. Solo te digo que pienses muy bien lo que haces… Yo no estaré a tu lado siempre para protegerte o ayudarte.

Javier volteó hacia el piso y vio parte de su disfraz: sus alas de ángel sobre una de las falsas lápidas de cartón. Pensó en lo que estaba a punto de hacerle a Yolanda. Forzarla a seguir besándolo y esperar a que se cumpliera su deseo. Poco a poco el arrepentimiento fue naciendo al repetirse las palabras de Arturo en su cabeza.

—Bueno, ¿qué crees que debo hacer ahora? Ya la cagué con Yolanda. ¿Qué puedo hacer?

—Yo te aconsejo que entres rápido a la casa y le pidas perdón, antes de que vaya y le cuente a sus amigas lo que pasó, porque ellas se encargarán de contarle a toda la prepa lo que acabas de hacer.

—¡Yolanda también me estaba besando a mí! Fue la que me dijo que viniéramos aquí atrás. Ella quiso que nos acostáramos y nos besáramos.

—Y tú muy obediente hiciste caso, ¿fuiste igual de obediente cuando te dijo que te quitaras de encima? —Javier no respondió, se cruzó de brazos e inclinó la cabeza mirando el anochecido cielo.

—*OK* —dijo Javier—. Perdón.

Arturo se acercó a su hermano, que seguía cruzado de brazos y con la mirada perdida en las ramas del gran árbol sobre sus cabezas. Arturo lo abrazó fuerte y levantó a Javier centímetros del suelo curveando su espalda hacia atrás.

—¡Ya, hombre! Todo está bien. Entra ya y has lo que te dije. ¿Te gusta Yolanda?

—Sí está buena la morra.

—Como quiera que esté, ¡ve y pídele perdón! Y por favor, ¡no vayas a discutir con ella! No busques culpables ni le des tus razones ni argumentos que ahora no valen. En estos casos lo mejor siempre es callar... Dejarlo pasar.

—¿Y tú cuando te volviste experto en relaciones? ¡Si ni novia has tenido!

—No lo soy, pero yo sí escucho a nuestros papás cuando hablan y sigo sus consejos. Son muy sabios aunque no los veas así. ¡Pero ya vamos a entrar! Darío ha de estar que se muere por jugar *beer pong*.

En casa de Darío había más de cincuenta adolescentes

bailando y bebiendo ilegalmente. Javier entró en la residencia y encontró con la mirada a Yolanda platicando con dos de sus amigas, una de ellas vestida de Ariel de la sirenita, con una peluca roja y un top deportivo color morado; la otra vestida como Gatúbela, con un traje de cuero negro cubriendo la mayor parte de su cuerpo, una diadema negra con orejitas de gato sobre su cabeza, un látigo colgando de su cintura y un antifaz negro que rodeaba sus ojos. Javier se acercó a las tres y les pidió un momento para hablar a solas con Yolanda, pero ella se negó rotundamente gritando que se alejara de ella si no quería que contara lo que había pasado a todos.

—Yolanda… —habló Gatúbela a sus espaldas—. ¿Por qué no hablas con él?

—¿Estás loca? ¡No! No voy a hacerlo.

—Yolanda… —insistió la gatita—. Él está dando el primer paso. Solo escúchalo. Aquí vamos a estar si nos necesitas. Si te hace algo, ¡le doy con el látigo!

Javier tomó aire y sin importarle que las amigas estuvieran presentes pidió perdón a Yolanda por haberse comportado como un idiota; que lamentaba no haber obedecido a la primera. Yolanda se quedó de brazos cruzados y con la boca abierta frente a Javier. Su amiga vestida de Ariel se interpuso entre ambos, pero Yolanda la retiró de en medio abriéndose paso a Javier, lo tomó de la mano y lo jaló hasta el patio de la casa donde se habían dado sus primeros besos. Ariel volteó hacia Gatúbela.

—¡¿Por qué lo defendiste?! —gritó Ariel—. Es un pervertido que no se merece ninguna oportunidad con Yolanda.

—¡Cálmate! Lo vi muy arrepentido y me dio mucha ternura. Además, él no es el único chico con el que Yolanda está saliendo. Esta tarde estuvo con Hiram, el chavo de la UNI que le presentó una de sus primas. ¡Y con él sí llegó a darle más que un beso! O sea, Yolanda sabe defenderse y sobre todo sabe lo que hace.

—¿Hiram? Yo me quedé con uno que se llamaba Humberto que era su vecino, ¿seguirá viéndolo?

—Conoces a Yolanda…, seguro que sí —dijo Gatúbela mirando a Yolanda y Javier platicando afuera de la casa.

Las piernas de Javier temblaban nerviosas bajo su túnica. Yolanda lo tomó de las manos y las acarició para tranquilizarlo.

—¿Es verdad lo que dijiste allá adentro o solo quieres que te perdone para intentar meterme mano otra vez?

—Te lo digo de la manera más sincera. Yolanda… Perdóname, por favor.

Ella se acercó a él y lo abrazó por encima de los hombros.

—Eso… Eso quiero… Eso es lo que busco en una relación. Me gustas mucho, Javier. En verdad me gustas. Pero contigo quiero llevar las cosas despacio. Creo que eres un hombre que vale la pena tener. Dame tiempo para que podamos conocernos mejor antes de…, tú sabes.

—Tú también me gustas… Y no te miento que quiero conocerte toda. Pero si tú me dices que no estás lista lo voy a respetar. Y te pido perdón de nuevo, me dejé llevar por la calentura y las cervezas que bebí antes de que llegaras, quería armarme de valor. ¿Podemos volverlo a intentar como si nada hubiera pasado?

—¡Va, me parece! Y yo también quiero conocerte todo. Quiero llevar esta relación lo más lento posible para que se construya y sea duradera. ¡Y aparte me encantas! Tienes un abdomen firme y eres súper guapo. Dime la verdad, ¿haces mucho ejercicio?

—Es mi trauma del pasado. De chiquito era gordo, ahora ya no lo estoy tanto.

Yolanda empujó despacio a Javier hasta que su espalda chocó con uno de los muros exteriores de la casa. Comenzó a besarlo con más pasión que ternura. Javier se dejó llevar por Yolanda hasta donde ella se lo permitió. Arturo y Darío vieron toda la escena a través de la ventana de la cocina que daba hacia el patio, ambos cogieron sus vasos con cerveza y

y se retiró el antifaz que rodeó sus ojos negros durante toda la noche—. No me había presentado, me llamo Eloísa... ¿Y tú?

Él se quedó perdido en su rostro.

SIETE

En compañía del mar, Eloísa frota entre sus dedos índices y pulgares el delgado cuerpo de su anillo de compromiso admirando con dolor el pequeño diamante engarzado al oro blanco. Con los ojos cerrados, une la punta de sus labios a la piedra preciosa y solloza mientras toda ella se envuelve en felices memorias. Es como si aquel diamante hubiera absorbido cada una de las vivencias al lado de Arturo. Recuerda la noche en que se conocieron disfrazados de extraños; los apasionados besos entre sábanas antes y después de dormir; el lento ir y venir de su primer y último baile abrazados; el juego de manos bajo las mesas; ese largo y peculiar sonido de la "S" que Arturo hacía al pronunciar su nombre; y el hermoso día que Arturo le entregó ese anillo. Los pulmones de Eloísa se llenan de la brisa. Abre los ojos a la inmensidad del océano. Agradece a Arturo por acompañarla en la historia que escribieron juntos durante tantos años; le agradece aun más la oportunidad de permitirle a ella continuar recolectando nuevos recuerdos. Agarra el anillo con una sola mano y lo acerca a sus ojos para ver el diminuto grabado dentro del aro: *Millón de sueños*; lo introduce en su dedo anular izquierdo, que ha sido hogar de la piedra por más de un año. El viento baila con su vestido blanco sobre las olas que acarician las planta de sus pies y le aparta del rostro sus largos cabellos negros. Eloísa se abraza a ella misma por debajo de las costillas haciendo que sus dedos casi toquen su espalda baja. Alza el brazo izquierdo al cielo sobre su cabeza y levanta su mirada hacia su anillo para ver el diamante brillar con el sol, radiante como el eterno amor que se prometieron. Une sus manos al aire y siente el viento pasar entre sus dedos. Por primera vez acepta el regalo no deseado en su presente… La ausencia de Arturo.

Alejado sobre la arena, Javier mira a Eloísa estirar y mover sus brazos hacia cielo como si quisiera retirar las nubes en lo más alto para poder alcanzarlo. Ve a Eloísa colocar sus manos en los costados para luego dejarse caer ligera como un pétalo sobre la arena, permitiendo que sus pies y glúteos se empapen con el agua salada que la acaricia en su oleaje. Javier se acerca descalzo hacia ella, sosteniendo sus zapatos en una mano y la otra escondida en uno de sus bolsillos. Nota que Eloísa lo escucha por el repentino giro de su cabeza volteando hacia él. La paz en el rostro de ella se ve arrancada por el desconcierto; se levanta apoyando su manos en la arena y luego las sacude sobre su vestido; alza sus brazos hacia los lados y curvea la boca con la intención de hacer la pregunta. Javier retrocede un paso y estira su mano izquierda hacia enfrente con la palma extendida.

—Calma… Eloísa… Calma… —da un paso adelante con la mano todavía en el aire—. Si me dejas te puedo explicar por qué estoy aquí —Eloísa alza todavía más sus manos como si exigiera la respuesta. No ha dado ni soplo de letra en su boca. A Javier se le cortan las palabras—. Te… ¿Te parece si… nos sentamos? Necesitamos hablar.

—¡Una semana! ¡UNA SEMANA! —grita Eloísa levantando su índice frente al rostro de Javier—. Solo una semana de paz es lo que quería —el viento sopla y ella se acomoda el vestido bajo las rodillas. Camina con dirección opuesta al mar, hacia los edificios blancos del hotel donde se encuentra hospedada. Escucha los arenosos pasos de Javier detrás de ella junto con sus reclamos.

—¡Tenemos que hablar, Eloísa! ¡Es lo menos que puedes hacer! ¡Me lo debes!

Eloísa trata de alejarse lo más rápido que su condición se lo permite. Su respiración se agita por la rabia, aun sabiendo que debe mantener las emociones controladas. Entre más se acerca al hotel menos escucha los acechantes gritos de Javier, se alejan poco a poco. La arena termina para Eloísa al llegar a una superficie de concreto donde se encuentran dos regaderas exteriores que quitan los restos de playa en el cuerpo de los bañistas. Un muro con una puerta de reja marca la división entre la zona de playa y las amenidades del hotel. Aplicando el código de acceso en la puerta, Eloísa ingresa a la zona de la piscina. Camina a pasos acelerados hasta llegar a su habitación en el tercer piso del edificio aledaño a la playa. Dentro de su habitación se acerca hacia la ventana con vista al mar; escanea toda la costa en donde se encontraba tranquila recordando a Arturo hace apenas minutos; mira a Javier alejándose hacia el extremo derecho de la playa a paso lento. Eloísa quiere saber por qué Javier se encuentra en Tulum con ella, a kilómetros de Monterrey, respirando el mismo aire del Caribe.

Dentro del búngalo *Rubí* en la villa, Javier busca su celular entre sus pertenencias y activa el Wi-Fi gratuito del hotel. El celular sigue teniendo llamadas perdidas de su padre y de Silvia que preocupados no dejan de marcar; Darío le ha mandado insistentes mensajes en los últimos días, mismos que Javier ignora desde hace semanas, casi el mismo tiempo que no se escribe nada en grupo de WhatsApp: La Trifuerza, el grupo de los tres inseparables en donde ahora solo quedan dos. Javier se rehúsa a contestar o escribir a quienes no sean Eloísa. Ese era su propósito inicial del viaje. Se sienta en la cama y con los pulgares sobre la pantalla del celular abre la aplicación de notas para escribir el borrador de su mensaje antes de enviarlo a Eloísa. Quiere ser conciso sin que se le escape ningún detalle. Escribe y borra. Escribe y borra. Lee. Borra. Escribe. Lee. Por fin copia el mensaje y lo agrega en la conversación privada que tiene con Eloísa. Envía.

Seré breve. Yo fui quien ayudó a Arturo a organizar esta luna de miel que estás viviendo sola. Le dije que Tulum me parecía un destino ideal, así podrían despedirse de México antes de que ambos se fueran a vivir al extranjero por un año.

Ahora… Estoy aquí porque meses atrás se me ocurrió una idea estúpida, la de caerles de sorpresa con la familia por unos cuantos días antes de que salieran del país. Por obvias razones ese viaje familiar se canceló, como muchos otros planes en nuestra vida. No diré nada más por mensaje. Si quieres saber por qué vine a tu encuentro podemos hablar de frente. Tengo muchas cosas que decirte a la cara.

Javier se queda mirando el mar atardecido por la ventana en espera de la respuesta de Eloísa. Tiene el celular entre sus dedos cuando ella le escribe de vuelta.

Te veo mañana en la recepción de mi hotel para desayunar. A las 10:00. PUNTUAL.

Javier deja su celular sobre las cobijas color crema y se levanta de la cama hacia el balcón del búngalo. Lo que siente en el pecho es algo muy alejado al alivio. La parte difícil se aproxima pero sabe que es inevitable, así como el dolor de la punta de una aguja al penetrar la piel, un dolor inexcusable y necesario para acabar con el virus. Tenía todo su plan en la cabeza antes de comenzar su travesía hacia Tulum: confrontar a Eloísa. En cuestión de horas la volverá a tener de frente en un lugar que no es ni la oficina ni tampoco su casa; están lejos de todo y todos los que quisieran interrumpir y opinar sobre el dolor ajeno. Javier le dirá todo lo que lleva guardado. Le dirá que ella es la persona que más odia en este mundo. Que la única forma en la que él podrá seguir adelante con su vida es si ella ya no existiera. Que pide al universo que sufra el mismo destino que le tocó a su hermano. Que Arturo nunca debió irse, que eso le correspondía a ella y a nadie más. Ella es la que debería estar como escarcha en la urna.

Siente la boca seca. Se acerca al pequeño refrigerador que hay en la habitación y toma una cerveza Trono muy fría, la favorita de Arturo. La destapa y da un generoso trago. Encuentra consuelo en aquella bebida que se ha convertido en su compañía. La bebe mientras se acerca lo más que puede a los rayos del sol en el balcón. El calor quema su piel, ansía ver a Eloísa arder. De trago en trago se termina la cerveza y se acerca al refrigerador a tomar otra, y continúa bebiendo. Seis cervezas después se siente solo y caliente. Se desnuda en medio de la habitación y se recuesta en la cama mirando hacia el techo. Se mete entre las sábanas y hunde su cabeza entre las almohadas. Pasa sus manos por debajo de su ombligo. No hay nadie cerca que le quite las ganas de derrumbar el firme deseo que se levanta bajo las telas. Busca su celular entre las sábanas, lo encuentra reposando a un lado de su rodilla derecha. Toma el aparato y con la mirada casi borrosa manda mensajes a Yolanda. Envía y envía pero ella no escribe de vuelta. La llama más de una vez pero Yolanda no responde. Deja el aparato a un lado de su cabeza. Javier quisiera sentir el calor de Yolanda sobre aquella cama. Quisiera tener a Yolanda en su vida.

Él sabe que es imposible, porque Yolanda dejó de acompañarlo en su viaje hace un millón de noches.

OCHO

Transcurrían los últimos minutos de la tarde antes de que el sol se marchara. Javier y Yolanda se encontraban en el asiento trasero del auto privado que ella contrató por siete horas. El destino final era el nuevo bar de moda en el municipio de San Pedro Garza García llamado *Private*, ubicado en la terraza de la plaza comercial *The Garden*. En las primeras plantas del edificio se encontraban algunas de las más lujosas tiendas de ropa repleta de conjuntos de prestigiosos diseñadores; el tercer piso estaba dedicado exclusivamente a bares y restaurantes de comida gourmet. El *Private* era el más concurrido, en su mayoría, por oficinistas que salían de su jornada laboral los viernes por la tarde.

—¿Es real que te pusiste tenis negros para hoy? —le preguntó Yolanda a Javier cuando escaneó de arriba hacia abajo el conjunto que llevaba puesto.

—¿Qué tiene de malo? —preguntó él mirando al exterior por la ventana del auto, como lo había estado haciendo desde que el chofer pasó a recogerlos.

—¡Ya te había dicho! Cuando vayamos a ese tipo de lugares tienes que ponerte ropa decente, a no ser que quieras pasar la noche del otro lado de la cadena. ¡Dios! Da gracias que eres lindo de cara, así el cadenero no se fijará en tus pies.

Yolanda se veía el maquillaje en su pequeño espejo portátil con luz integrada. Javier le miraba de reojo el vestido negro corto y los largos tacones del mismo tono; la ahora cabellera pelirroja de Yolanda estaba recogida en una pinza con destellos plateados, todo rastro del cabello semirubio que alguna vez existió en ella había desaparecido.

—¿Sabes si Eloísa y Arturo vienen en camino? —preguntó Yolanda.

—Arturo salió de casa desde la mañana para irse a trabajar al hotel. Ya no he hablado con él desde entonces. Supongo que nos verá en el *Private* junto con Eloísa.

—¿De verdad Arturo sigue trabajando de recepcionista en aquel hotel de paso?

—No es un hotel de paso. Es el Cinco Elementos, pertenece a una enorme cadena de hoteles internacionales.

—Ajá, el típico lugar en donde empresarios y empresarias tienen encuentros con sus amantes a la hora de la comida o al salir de la oficina cuando se "alarga la jornada".

—¿Y tú cómo sabes de eso?

—Deja le hablo yo a Eloísa para ver si ya van en camino —dijo Yolanda ignorando a Javier. Sacó su BlackBerry de la bolsa de mano sobre sus piernas. Pasó los dedos sobre las diminutas teclas y mandó un mensaje a Eloísa, ella le respondió al minuto—. ¡Listo! Eloísa me dice que también van en camino. ¿Quieres esperarlos o entramos al bar al llegar?

—Yo creo que hay que esperarlos para entrar todos juntos.

—Como quieras. Lo que si te digo es que no quiero estar más de diez minutos afuera de la cadena esperando. Genaro le acaba de dar anillo a Ana Paula y quiero ser de las primeras en felicitarla. Quiero que me cuente todos los detalles de la pedida.

—A ver, explícame otra vez, ¿le dieron anillo y están haciendo una fiesta para celebrarlo? ¿No debería ser una celebración más privada entre los novios?

—Aaaay, se nota que no sabes nada. ¡Claro que se hace una fiesta! Los novios juntan a todos sus amigos y les cuentan cómo fue la pedida de mano, nos tomamos fotos con ellos, ¡y lo más importante! Comprobamos qué tan real es el anillo que le dieron. La zorra subió una foto a Facebook pero no pude distinguir nada, su mano sale demasiado lejos — Yolanda giró la vista hacia la ventana del auto—. ¡Ah, mira! Ya llegamos. Disculpe… —llamó al chofer acercando su torso entre los asientos delanteros del auto—. ¿Nos podrías dejar enfrente de ese elevador que está en medio de la plaza? —le dijo al chofer apuntando con su dedo la entrada de la plaza comercial—. Y si gustas puedes esperarnos en el estacionamiento subterráneo. Seguramente bajaremos cuando cierren —el chofer obedeció las indicaciones y se detuvo enfrente del elevador con puerta de cristal en la planta baja del edificio.

Javier fue el primero en salir del auto y se apresuró a abrirle la puerta a Yolanda. Ella pisó la acera con sus largos tacones y se acomodó el vestido estirando la tela sobre sus muslos; llevaba un pequeño bolso rosa colgado sobre el hombro en una cadena plateada. Javier se abrochó el botón en el pecho de su camisa gris y se ajustó el pantalón negro sobre su cadera. Agarró a Yolanda de la mano y ambos esperaron a sus amigos en la planta baja del edificio. Al paso de cinco minutos vieron a Arturo y a Eloísa caminar hacia ellos, venían subiendo por las escaleras que daban al estacionamiento subterráneo. Las parejas se saludaron a distancia.

—Listo. ¡Hay que subir ya! —dijo Yolanda estirando a Javier de la mano.

—¡Espera, Yolanda!—le dijo Eloísa—. Darío viene con nosotros, hay que esperarlo a él también. Está buscando estacionamiento en el sótano de la plaza. Nos dijo que subiéramos aquí para avisarles mientras él encuentra un lugar disponible.

—A ver, ¿cómo? —preguntó Yolanda—. ¿Lo invitaron? Tipo… ¿Por qué? ¡No conoce a nadie de aquí! Es una fiesta privada de Ana Paula y su novio. Se verá súper *awkward* si llegamos con él… O sea…

—Yo lo invité, Yolanda —le dijo Arturo—. Él fue quien nos hizo el gran favor de traernos en su carro, pasó por mí al hotel cuanto terminé mi turno y luego pasó por Eloísa. Además, ¡es un bar! Eloísa, Darío y yo podemos sentarnos en otra mesa si tanto te molesta que nos juntemos con el otro grupo.

—¡Para nada! A mí no me molesta —aseguró Yolanda—. A quien debería molestarle es a Darío, ¿no creen? Ana Paula es nuestra amiga —apuntó a Eloísa— desde los quince años. Es lógico que ocho años después estemos las dos en su fiesta de anillo en compañía de nuestros novios. ¿En dónde entra aquí Darío?

—Bueno, si no te molesta a ti y a Darío claramente no le importa, ¡qué nos valga madre a todos y ya! ¿No? —dijo Arturo alzando la voz.

—Cambiemos de tema. Ya viene —dijo Eloísa apuntando a Darío que caminaba hacia ellos.

—*OK, let's go* —Yolanda se volteó hacia la puerta del elevador y presionó el botón de subida. Esperó a que las puertas se abrieran mientras escuchaba a sus espaldas como los demás intercambiaban saludos con Darío. Ante ella se abrió el elevador iluminado por luces blancas. Todos entraron detrás de ella en el reducido espacio para ascender hasta el tercer piso de la plaza comercial.

El alto sonido de la música les dio la bienvenida cuando las puertas del elevador se volvieron a abrir. Yolanda se adelantó a salir estirando a Javier del brazo y caminó hacia la entrada del bar. Ambos vieron a por lo menos veinte personas esperando ingresar en la terraza del bar *Private*. Un hombre moreno y robusto resguardaba la entrada, bajo las luces del letrero luminoso en azul metálico con el nombre del lugar. Yolanda se abrió paso dando empujones con el hombro izquierdo al grupo de jóvenes que esperaban ingresar, del otro lado de la cadena se le acercó el hombre moreno.

—¿Tienen reservación? —preguntó él.

—Sí, venimos a la mesa de Ana Paula y Genaro —dijo Yolanda con una sonrisa forzada en el rostro.

—¿Solo ustedes dos? —preguntó el hombre apuntando a Yolanda y Javier.

—Sí —se apresuró a contestar Yolanda.

Cuando el hombre retiró la cadena frente a ellos se escuchó gritar a Eloísa entre el cúmulo de personas afuera del bar.

—¡Nosotros también!

El hombre volvió a cerrar el acceso y se dirigió hacia a Yolanda con voz tajante.

—Me dijiste dos personas.

—Es que… —Yolanda titubeó—, ellos también vienen, pero son de otra mesa, de una reservación diferente a la nuestra.

El hombre miró a las tres nuevas personas acercándose: Arturo, Eloísa y Darío. Cuando los cinco se encontraron en la orilla de la cadena, el hombre se acercó al oído de Yolanda.

—Pasa conmigo.

El hombre retiró la cadena para que Yolanda ingresara, los cuatro restantes del grupo miraron como dialogaban entre ellos hasta que por fin Yolanda regresó a la cadena.

—¡Vamos! —Les dijo a todos—. Ana Paula ya nos espera.

El hombre retiró la cadena de nueva cuenta e ingresaron de uno por uno: primero Javier, luego Eloísa, después Arturo y al último… La cadena volvió a cerrarse dejando a Darío del otro lado.

—¡Pasen! Que se diviertan —dijo el hombre antes de irse a hablar con otra chica que estaba esperando ingresar.

—¡Pues ya! Ana Paula debe estar preocupada porque no llegamos —dijo Yolanda a Eloísa mientras caminaba hacia el interior del establecimiento.

—¡Wey, espera! —gritó Eloísa—. ¿Y Darío? No vamos a dejarlo afuera solo.

—Me dijo el señor que ahorita entra —aseguró Yolanda—, no pueden pasar muchos de un jalón por políticas del lugar.

—No me siento cómodo dejándolo solo —dijo Arturo—, me voy a salir a esperar con él.

—¡Al rato entra! —les gritó Yolanda—. También piensen que eso le pasa por unirse sin invitación, a eso se le llama karma. Además no es reunión de él ni de sus amigos. Le estamos haciendo un favor para que no se la pase mal el resto de la noche.

Mientras discutían en la entrada del establecimiento, el hombre robusto se volvió a acercar a ellos.

—¿Van a pasar o los invito a retirarse?

—¡No! Ya vamos a entrar —le respondió Yolanda—. ¿Verdad, Javier? —lo apretó del brazo y lo estiró hacia ella. Javier no dijo ninguna palabra.

—No. No vamos a entrar —dijo Eloísa y se acercó a la cadena.

—Así es, si no pasa nuestro amigo nos vamos —dijo Arturo—. ¿Vienes o te quedas, Javier? —le preguntó mientras caminaba de regreso hacia la cadena.

—Se viene conmigo —interrumpió Yolanda antes de que Javier pudiera decir algo, y lo jaló con fuerza hasta que ingresaron a la zona de la terraza.

Al girar su cabeza, Javier vio a Arturo y a Eloísa cruzar la cadena para encontrarse con Darío. Ninguno se quedó afuera esperando, los tres caminaron rumbo al elevador hasta que Javier les perdió el rastro.

—¿Por qué no dejaron que Darío entrara con nosotros? —preguntó Javier a Yolanda, ella se acercó muy discreta a su oído susurrando.

—Porque es demasiado oscuro para el lugar.

Javier sintió una presión extraña en el pecho, como si escuchar la declaración de su novia hubiera sido un ataque en contra de él. Lo sintió personal al saber que a su amigo de años le habían negado la entrada por su tono de piel. Por existir. Antes de que Javier le reclamara, Yolanda se adelantó campante hasta las mesas donde se encontraba su amiga Ana Paula junto con otras jóvenes a las cuales Javier no conocía. Javier se quedó en medio del lugar cargando el dilema de salir a encontrarse con su amigo de la infancia o seguir a su novia. Sin decidir, Yolanda se apresuró a presentar a Javier ante Genaro, el prometido de Ana Paula, un hombre de unos treinta años vestido de traje gris sin corbata. Los acompañantes de las otras mujeres rondaban por la misma edad, entre los treinta y treinta y cinco. Era evidente ante los ojos de todos que Javier era el más joven, con tan solo veintitrés años de edad.

Parado entre las mesas y sillas reservadas, Javier notó la división del grupo entre hombres y mujeres. Ellas conversaban sentadas sobre los sillones oscuros, todas cruzando las piernas para que sus vestidos cortos no mostrarán piel por encima del muslo; bebían cócteles exóticos que el mesero les llevaba hasta sus manos. Ellos por el contrario estaban de pie alrededor de una mesa y sostenían vasos de whisky en una de sus manos, los cuales acompañaban únicamente con agua mineralizada y hielos; todos llevaban un atuendo similar: pantalón de vestir y camisa obscura, el saco y la corbata parecía ser opcionales. Javier se acercó hacia Genaro. Sintió el cuerpo temblar, estaba en un lugar desconocido con gente a la que jamás había visto y sobre todo mayor; y fue entonces que a su mente llegó el recuerdo de su infancia donde los mayores se aprovecharon de él: el señor calvo de bigote estrujando su brazo, las maestras juzgando su aspecto, el niño rubio de cabello rizado golpeándolo. Respiro hondo y se incorporó al círculo de hombres. Genaro miró a Javier acercándose y puso su brazo sobre su espalda como si lo acobijara bajo el ala.

—¿Qué onda, chiquitín? ¿Qué te sirvo?

Javier miró las botellas de whisky sobre la mesa y dudó entre pedir un vaso con whisky o un cóctel preparado como el de las mujeres a su espalda. Se decidió por algo "intermedio".

—Creo que me tomaré una cerveza.

—¡No, cómo crees, *chamacón*! Aquí no se toma eso. Ven, te invito un whisky… ¡Compadre! —gritó Genaro al mesero, y él se acercó casi al instante—. Sírvele a mi carnalito un vaso porfa, ¡bien cargado para que vaya entrando en calor!

Javier vio al mesero mezclar el licor y el agua entre los hielos del vaso y se lo entregó en sus manos. Se acercó la copa a los labios y pudo oler el alcohol destilando hasta por las burbujas. El color amarillento del líquido entró a su boca. Ya había probado el whisky en otras ocasiones, pero este en especial le supo a gloria. Primero pensó que fue por la lujosa marca sobre la botella. Dio otro trago y le supo todavía mejor. Sus hombros comenzaron a perder tensión y su respiración se fue desagitando. Ya no pensaba en Darío, y no le importaba a donde se habían ido Arturo y Eloísa. El whisky en sus manos le sabía a logro porque la atmósfera del lugar así se lo presentaba. Aquella vibra que nacía en el bar era de exclusividad en cada rincón y no cualquiera era digno de disfrutarla. Muchos habían llegado al sitio, pero pocos fueron aceptados. La bebida que tenía en mano se la había ganado, la había obtenido por el simple hecho de ser él. De existir. De pertenecer a algo. Y continuó bebiendo de su privilegio junto a Genaro, que lo invitó a acercarse con el resto de los hombres en la reunión. Entre pláticas, Javier se enteró que algunos de ellos eran empleados en puestos gerenciales, como era el caso de Genaro; otros eran dueños de sus propias empresas y negocios. Javier llegó a sentirse pequeño y no de estatura, ya que veía a todos a la par de sus ojos, pero sí en experiencia. Él, un estudiante recién graduado de la carrera de Administración de Empresas, no tenía mucho que aportar en la conversación de las "grandes mentes". Escuchó a Genaro compartir su más reciente caso de éxito sobre el crecimiento de la empresa; otros hablaron acerca de las nuevas regulaciones del Gobierno, que entrarían en vigor durante el próximo semestre, aquellas que van a favor de las energías sustentables en los procesos de fabricación de las plantas de producción. En ningún momento de la noche se habló entre ellos de otra cosa que no fuera trabajo… Y de alguna que otra mujer.

Al pasar las horas y cada quien con más de cuatro copas encima, el grupo de hombres y mujeres se mezcló entre las mesas. Genaro y Ana Paula se abrazaron en medio de los presentes y agradecieron a todos por haber asistido a festejar su reciente compromiso y les extendieron la invitación para ir al *after party* en el antro llamado Zodiaco, a tan solo unas calles de donde se encontraban. El mesero se acercó a la mesa con la cuenta en sus manos; Javier vio como todos los hombres se aproximaron a poner sus tarjetas de crédito dentro del porta cuentas de cuero negro, contrario a las mujeres que no se acercaron ni a mirar el papel. Genaro se acercó a Javier, que bebía su último trago de whisky.

—Qué onda, chiquitín. Vamos a dividir la cuenta entre todos. ¿Pagas con efectivo o con tarjeta? —Javier pidió el papel para comprobar el total que habría que pagar—. No es necesario, *Javi*. Ya acordamos entre todos que nos toca de tres mil pesos a cada quien. Alguien tiene que pagar todos los *drinks* que se tomó Yolanda.

Javier miró a Yolanda bailar al lado de sus amigas con una bebida en su mano, sus pasos eran torpes y la mirada estaba un poco perdida. De su bolsillo, Javier sacó su cartera y dio a Genaro su tarjeta de débito, la cual tenía algunos cuantos ahorros que había juntado durante sus prácticas profesionales. Genaro le indicó al mesero cómo dividir los pagos, este hizo cargos a cada una de las tarjetas. Cuando terminó, el mesero entregó a Genaro una copia del recibo, intentó guardarlo en su bolsillo del pantalón pero sin darse cuenta se le resbaló de las manos y cayó al suelo mojado. Javier se apresuró muy sigiloso a recogerlo y se lo llevó consigo al baño antes de que todos comenzaran a salir del lugar. Dentro de un cubículo y con la luz alumbrando el papel, notó que el total de la cuenta daba alrededor de $15,000 pesos mexicanos —alrededor de $750 dólares americanos—. Al dividir la cuenta entre los diez hombres que se encontraban en la mesa, Javier se dio cuenta que él pagó casi el doble de lo que matemáticamente le correspondía a cada uno. Salió del baño apresurado, dispuesto a quejarse con Genaro por la planeada injusticia, pero ya no encontró a nadie en la mesa, solo al mesero que cargaba ahora con otro recibo en su mano.

—Joven, falta lo de la propina. Sus camaradas me dijeron que usted la pagaría. Sería el 15% del total.

Javier volteó hacia la salida del establecimiento y notó como el grupo de "adultos" se alejaba más y más por la terraza. Al no ver a Yolanda con ellos, se apresuró a pagar sin importarle el monto. Esta vez su tarjeta no pasó por falta de fondos.

—¿Tendrá otra tarjeta? Esta me marca como rechazada —dijo el mesero mostrando la terminal de pago.

Miró apresurado entre los compartimentos de su cartera hasta que encontró la tarjeta *platinum* de su padre. Una tarjeta adicional que le otorgó a Arturo y a él para realizar pagos de emergencia referentes al hogar. Sin pensarlo, le dio el plástico al mesero y terminó de pagar. Salió corriendo con el corazón en la garganta hacia la salida del bar para darse cuenta que el grupo se había marchado del tercer piso del edificio. Se acercó a la orilla del barandal y bajó la mirada, reconoció a Yolanda parada afuera del elevador en la planta baja, agarrada de la mano con uno de los hombres que estaban en la reunión. Javier se dirigió hacia las escaleras para bajar corriendo las tres plantas que lo separaban del grupo. Cuando llegó miró a Genaro aplaudiéndole antes de que se acercara a darle un abrazo.

—Ya te nos estabas perdiendo, carnalito. Pensábamos que te habías ido.

Javier miró de reojo a los otros hombres del grupo riéndose a sus espaldas mientras sentía el húmedo beso traicionero de Genaro en su mejilla. Javier se separó de Genaro y se acercó a Yolanda que todavía conversaba con el mismo hombre desconocido, este la sostenía ahora por la cintura. Al ver a Javier, Yolanda se desprendió de los brazos del hombre.

—¡Javier! Le estaba diciendo a Hiram que no te encontraba, ¿dónde estabas?

El nombre "Hiram" se le clavó a Javier en el pecho. Ese nombre ya había salido antes de los labios de Yolanda en dos ocasiones, la primera en una cena que compartieron juntos, la segunda en la cama mientras se compartían el uno a otro. Javier hubiera preferido no escucharlo una tercera vez para no ponerle rostro al nombre.

—Yolanda, ¿puedo hablar contigo? —le peguntó Javier, ella se acercó tambaleándose sobre sus tacones. Javier la tomó del brazo y la alejó lo más que pudo del atractivo de Hiram—. Oye, creo que es hora de irnos. A como te veo, ya no puedes aguantar otra copa de alcohol y ya no tengo tanto dinero para irnos al otro antro.

—¡Aaaay! Por favor, no empieces. ¿Qué no ves que mi amiga se casa? ¡Hay que seguir celebrando!

—Yolanda. En verdad, ya no tengo dinero. Acabo de pasar la tarjeta de mi papá. Mañana me va a preguntar sobre el cargo que hice en su cuenta.

—Eso te pasa por no sacar una tarjeta de crédito a tu nombre, así no tendrías ese problema. ¡Vamos al antro! ¿O prefieres que yo vaya sola?

—Preferiría que te quedaras conmigo.

—Pues entonces cállate y vamos al *after*. ¡Mira! Ya viene el auto.

El chofer privado que los llevó en un principio se estacionó a su lado. Yolanda se acercó hacia la ventana para hablar con él.

—Hola, Jacinto. Vamos a ir a otro lugar —Yolanda se giró hacia los demás del grupo—. ¡Súbanse! — Genaro y Ana Paula se acercaron a las puertas traseras y se subieron al vehículo. Cuando Javier estaba apunto de subir en el asiento delantero Yolanda lo detuvo—. Oye, Javier… Hiram no tiene como irse, ¿te importaría darle tu lugar?

—¿Qué? ¡Claro que me importa! Yo tampoco tengo cómo irme.

—¡Aaaay! No seas así, Javier. Ya no cabe nadie más aquí. O sea, Hiram es el mejor amigo de Genaro, ¡el festejado! No lo va a dejar aquí; y Ana Paula es MI AMIGA de toda la vida, tengo que acompañarla.

—¿Me estás pidiendo que me quede aquí?

—¡No! O sea, sí… Pero obvio no que te quedes aquí para siempre. Puedes pedir un taxi aquí en la caseta de vigilancia y nos vemos en el Zodiaco. Esta a unas calles de aquí.

Sin responder nada, Javier recibió un "gracias" por parte de Yolanda y la vio subir al asiento delantero mientras Hiram entró al auto y se sentó junto con Genaro y Ana Paula. Antes de arrancar Hiram bajó el vidrio trasero del auto.

—¡Gracias por pagar nuestra parte de la cuenta! —se burló Hiram.

—¡Y la propina! —gritó Genaro con el auto arrancando hacia la salida del estacionamiento.

Las palabras de los hombres atravesaron como una bala en los oídos de Javier y le llegaron hasta su pecho. Sintió que no podía respirar al ver el auto alejarse con su novia en él. Dejó caer su cuerpo hacia atrás en la acera y se sentó con la cabeza casi metida entre las piernas. El alcohol en su cuerpo despertó su sensibilidad y se puso a llorar bajo los faroles de la plaza comercial. Sacó su teléfono con la esperanza de ver un mensaje de Yolanda pidiendo disculpas por haberlo abandonado. Lo único que encontró fue un mensaje de Arturo.

Nos vinimos a un bar que se llama La Cantinita Mexicana. Por si quieres venir luego.

En lugar de escribirle de vuelta lo llamó. Arturo no tardó en contestar.

—¡¿Hola?! —gritó Arturo por la música de fondo en alto y la voz de alguien cantando.

—Hola. ¿Arturo? ¿Siguen en el lugar que me dijiste?

—¿Qué? Espera no te escucho bien, deja salgo —el ruido en el teléfono fue disminuyendo hasta que la voz de Arturo se escuchó con claridad—. Ahora sí, adentró hay un desmadre. Te decía en el mensaje que estamos en un bar, está cerca de donde están ustedes. ¿Vienen para acá?

—Pues. A lo mejor yo voy. Yolanda… Yolanda se fue a su casa. Y quería ver… ¿Podrían pasar por mí? Estoy… Estoy en la misma plaza donde nos quedamos, en *The Garden.*

—Ah, y…, ¿no tenían transporte privado?

—Yolanda se lo llevó. Yo me quedé aquí y…, no tengo dinero para agarrar un taxi.

—A ver, espera. Deja pregunto si Darío puede pasar por ti, él es el que trae el carro. Yo ya ando tomado y no puedo conducir.

—No te preocupes. Ya me las arreglo yo. Adiós —dijo Javier antes de colgar con Arturo.

Dejó el celular a un lado de él sobre la banqueta y pasó las manos sobre su cabeza. Sintió que los hombros le pesaban, el estómago revuelto. Quería irse y quedarse a la vez. Cuando pasó la mirada de nuevo por el celular, miró en la pantalla un nuevo mensaje de Arturo.

¡Ya van a ir por ti en 10 minutos!

A Javier le cambió el semblante. Se levantó y esperó paciente a que el auto de Darío llegara por él. En su cabeza contó los segundos para mantener la mente ocupada hasta que miró acercarse un Toyota Yaris color blanco hacia él, reconoció que era el auto de Darío pero no era él quien llegó.

—¿Qué ha pasado? —preguntó Eloísa en el interior mientras Javier subía al asiento copiloto y cerró la puerta.

—Nada. La fiesta aquí se acabó.

—¿Se acabó para todos o solo para ti?

—¡Dale! Ya vámonos.

Eloísa arrancó y salió del estacionamiento de la plaza comercial. Javier recargó su cabeza en el asiento y concentró su atención en las luces rojas de los autos frente a ellos que conducían bajo la noche.

—¿Dónde está Yolanda? —preguntó Eloísa—. ¿La dejaste también sola?

—¡Claro que no! Yo no dejé a nadie.

—Excepto a Darío. A él sí que lo dejaste afuera del bar y no te importó. ¿No te sentiste mal por hacer eso?

—Yo no tuve la culpa. Yolanda me jaló hacia adentro.

—Qué interesante, nunca me imaginé que Yolanda tuviera tanta fuerza. ¿O acaso te amenazó para que la acompañaras?

—¿Viniste para recogerme o para interrogarme?

—¡Ambas! Dime, ¿dónde está Yolanda? ¿Se quedó en el lugar, se fue o qué pasó?

—Se fue. Dijo que estaba cansada. Quería irse a su casa. Yo quiero seguirle, ¡vamos con Arturo y Darío!

—Javier… Una pregunta... ¿Estaba un tal Hiram en la fiesta?

—¿Hiram?... Ah… Sí... Lo conocí hoy.

—Y… ¿Yolanda se fue sola o…, se fue con él?

—¿Qué te preocupa de él o por qué preguntas?

—Dime la verdad, Javier. ¿Estás seguro que Yolanda se fue a su casa?

—¡Bueno, ya! ¡Se fue! ¡Sí! ¡Se fue! Yolanda me dejó para irse con Hiram a un puto antro que no conozco. ¡Y sí! Me dejó abandonado.

Eloísa continuó avanzando hacia el bar donde Arturo y Darío los esperaban. Dejó que el silencio reinara en el auto por unos minutos antes hablar.

—Pinche Yolanda —dijo por fin Eloísa—. Y, ¿todos los demás se fueron también? ¿Ana Paula, Genaro?

—Sí…, todo ellos se fueron.

"Como una parvada de cuervos", pensó Javier al recordarlos.

—Yolanda ha… Ha cambiado mucho. ¿Lo has notado, verdad? —preguntó a Javier, el no contestó nada—. Desde que ella y Ana Paula se juntan con la gente de su trabajo es como si fueran otras personas. Ya he salido con ellos y no termina de gustarme ese grupito. Viven en una esfera de apariencias y no son la gran cosa, para serte sincera. Falsa opulencia.

—Pues a Yolanda le gusta.

—Yolanda se ha vuelto una estúpida. Ya nunca viene a las reuniones en mi casa porque dice que tienen planes con las "chiquis", así le dice a sus amigas del trabajo. Se la pasan yendo a antros y bares esperando a que otros hombres les paguen las cuentas. Yo no las critico, cada quien hace lo que quiere con su vida. Pero no me digas que eso a ti no te afecta, Javier. ¿Ya cuanto tiempo tienen dándose un tiempo? Según mis cálculos más de un mes. Deberías dejarla ya por la paz. Yolanda está viviendo una vida de soltera, deberías hacer lo mismo.

—Estamos en un *break*, Eloísa. Ella está viviendo una etapa. Y te pido que no te metas en donde no te llaman. Es mi relación con ella.

—Es que no me parece justo que te esté tratando de esta manera. Y que encima influya en tu comportamiento. Dejaste a tu amigo de la infancia afuera de un bar por estar alimentando el clasismo de Yolanda.

—Se llama exclusividad.

—¿Qué tiene de exclusivo encerrarse en las cuatro paredes de un antro o bar? ¡Maduren!

—¡VERGA, ELOÍSA! —pegó el grito Javier—. De haber sabido que ibas a venir tú y que ibas a estar así, ¡ni me hubiera subido al carro!

—¡Oye, wey! Te digo las cosas para que pienses. Yolanda te está tratando como un trapo sucio. No sé, incluso… Incluso pienso que deberías hacerle lo mismo, ponerla en el lugar de lo que otros sentimos por culpa de ella. A mí, como su amiga, me duele que me cambie por otras personas solo porque no soy como ellas —el auto se detuvo bajo una luz roja de semáforo. Javier miró hacia la calle.

—Entonces, ¿crees que a Yolanda le vendría bien un escarmiento? ¿Una probada de su propia cosecha?

—Yo solo digo que me gustaría que viviera lo mismo que hace sentir a otros. Tal vez así aprenda y recapacite, y no sé, tal vez hasta vuelva a ser la misma persona que era antes.

"Eso quiero, que todo sea como antes", pensó Javier. Motivado por el impulso de las palabras de Eloísa, Javier abrió la puerta del auto.

—¿Javier? ¿A dónde vas? —preguntó viendo a Javier salir hacia la calle—. ¡Ven acá, Javier! —gritó ella antes de que él azotara la puerta.

Javier caminó por más de veinte minutos entre las calles del centro de San Pedro. En su mente el nombre de Yolanda corría un maratón. Javier siguió andando a paso acelerado hasta que encontró la avenida con los bares y antros de la zona. Yolanda estaba adentro de alguno de ellos viviendo su larga etapa, una vida de soltera; Javier estaba afuera, esperando a que ella decidiera volver. Él decidió que la espera había terminado. Sus ojos se enfocaron en la entrada del antro Zodiaco. Con la frente en alto avanzó por entre las personas que hacían fila esperando ingresar y se plantó en la entrada. Un hombre calvo vestido de negro se le acercó del otro lado de la cadena.

—Ya me esperan —le dijo Javier con seguridad.

Apartaron la cadena frente a él e ingresó al lugar. La música y las luces lo invadieron en segundos. Con la misma seguridad que ingresó, pidió a la mesera en la puerta una mesa para él. Las únicas disponibles debían ser con consumo mínimo de dos botellas. Javier no reclamó nada, sacó de su cartera la tarjeta *platinum* de su padre y la entregó a la mesera; ella lo llevó hasta uno de los palcos disponibles en la parte alta del lugar. En menos de dos minutos a la mesa de Javier llegaron botellas de whisky, cubetas con hielos y aguas minerales. Desde donde se encontraba pudo reconocer en las mesas de la pista a Yolanda junto con Hiram, Ana Paula y Genaro. Ella lo miró confundida con la boca medio abierta. Javier vio cómo se hablaban al oído entre ellos antes de que Yolanda se acercara a él cruzando la pista de baile hacia las escaleras de los palcos. Javier volteó sobre su hombro y sin titubear les invitó unos tragos a un par de jovencitas que estaban paradas a su espalda, ellas aceptaron y pasaron a platicar con él. Yolanda llegó ante los tres mirando a Javier enfurecida.

—¡¿Qué haces?! —le reclamó Yolanda.

—¡Lo que nunca había hecho! —gritó Javier y luego se acercó a su oído—. Escuchar a Eloísa.

¡Acércate! Vive la naturaleza a tu alrededor

APRECIA VIAJES <discover@apreciaviajes.com>

02 agosto 2022, 9:15

UN MAR DE POSIBILIDADES

¡Sr. Javier! Queremos que disfrutes Tulum al máximo. ¡Y tú también lo quieres! Mira las actividades con ofertas especiales que Aprecia Viajes tiene preparadas para ti.

YATE

Sumérgete en esta increíble promoción y en las aguas del Caribe.

Disfruta de un paseo en yate por las hermosas y pintorescas aguas que rodean Tulum y la Riviera Maya. Ponte tu equipo de snorkel y echa un vistazo a los sitios más emblemáticos de la costa.

¡Aborda!

❀

SURF

Las olas te esperan en esta divertidísima actividad a un precio especial.

¡No importa tu nivel de práctica! La tabla de surf y un instructor te enseñarán lo fácil que es disfrutar del mar con este magnífico deporte.

¡Zambúllete!

❀

PLAYA

Saborea deliciosas bebidas con refrescantes descuentos a orillas del mar.

Prisma Beach Club te ofrece una atmósfera relajante que te ayudará a desconectar del mundo. La mejor compañía en tu viaje serán el sonido del mar y un exquisito platillo del chef.

Descansa

❀

Las promociones y precios especiales aplican únicamente al separar con Aprecia Viajes

NUEVE

El rugir de su estómago lo despierta obligándolo a levantarse de la cama. Javier se frota los párpados y mira el sol por encima del mar entre las cortinas de su habitación. Ve el reloj al lado de su cama, 9:17. Recuerda su cita con Eloísa y se apresura a alistarse. Entra en la regadera decorada con paredes color caoba y un ventanal con vista al mar. Siente pudor al pensar que alguien podría ver su desnudez mientras toma el baño, pero a la altura que se encuentra el búngalo no existe vista humana que lo pueda husmear desde la playa. Pone el agua caliente en su máxima potencia y regula la temperatura abriendo poco a poco el agua fría. Con la barra de jabón produce espuma sobre los pelos de su pecho y abdomen; baja hasta que se toca los genitales con la barra y la pasa por su entrepierna en repetidas ocasiones. Todavía tiene la erección mañanera con la que se levantó. Deja la barra a un lado para tomar su miembro enjabonado, y comienza a masturbarse dentro de la regadera mientras el agua le desviste la espuma. Se agita cada vez más, con sus dedos masajea la cabeza del pene. Le llegan los recuerdos de las noches que pasó con Yolanda, no de cuando eran novios, sino de aquellas noches de encuentros sexuales antes de que ella se comprometiera con Hiram, e incluso casada; cuando ella lo buscaba con textos para recalentar el deseo. Después no piensa en ella, sino en Ana Paula, la mujer que los encontró a él y a Yolanda teniendo sexo en la cama matrimonial de la feliz pareja, cuando Hiram estaba de viaje. ¿Cómo entró Ana Paula en casa de Yolanda? Javier nunca preguntó, aunque no le cabe duda que Yolanda lo tenía planeado para que las cosas así fluyeran. Casadas, sin hijos y con el deseo a tope, decidieron pasar la tarde los tres juntos. Y Javier las hizo suyas a ambas, despacio y a su tiempo, primero a Yolanda, luego a Ana Paula, y de regresó con el amor de su vida. Aquel amor que solo se concebía entre secretos.

El desagüe se traga los blancos recuerdos de la pasión. Javier se apresura a secarse las gotas del cuerpo y sale del baño para arreglarse. En el sillón de la habitación se encuentra su maleta de viaje. Entre el montón de camisas enrolladas y acomodadas en fila elige una color blanca y uno de sus siete trajes de baño: un short marinero con líneas horizontales blancas y negras. De su maleta también saca sus nuevas sandalias con suela de goma blanca, desea que alguien reconozca la marca por el decorado sobre el empeine de líneas verdes y la gruesa franja roja. La pretensión es quien lo ha ayudado a sentirse encajar en los círculos sociales de hombres que se presumen exitosos; a conocer mujeres jóvenes en bares, redes sociales y aplicaciones de citas; y también es quien atrajo a Yolanda después de que ella decidiera irse a pescar al pez más gordo del estanque.

La ropa y los accesorios de lujo van construyendo a Javier mientras se mira en el espejo. La loción lo cubre de ese exclusivo aroma que percibió la primera vez que se acercó a Genaro en su fiesta de compromiso; el mismo día que renunció a la humillación, y si para lograrlo debería convertirse en lo que en su momento odió, ¿qué mas daba? Así como de pequeño dejó de ser obeso para que los niños mayores no se burlaran de su aspecto, maduró creyendo que siendo un adulto asertivo y pretencioso la vida sería más sencilla, y lo comprobó cuando su estilo de vida cambió a causa del desprecio de Yolanda hacia él. Más de seis años juntos desde la preparatoria y en una sola noche se la arrebataron para siempre. Entonces decidió cambiar. Él sería a quien Yolanda, mujeres y hombres buscarían. Daba igual los sentimientos y su reciprocidad, la relaciones serían simples transacciones en busca de enaltecer la falsa imagen que Javier había creado de sí mismo.

Abre la puerta de su búngalo y sus sandalias nuevas tocan

la arena blanca bajo el marco de la puerta. Pisa el camino de madera que sube hasta la recepción del hotel, percibe el olor a café viniendo del restaurante donde se sirve el desayuno a los huéspedes. El hambre lo consume, entra al restaurante y se apresura a tomar algo de fruta en la barra fría del buffet; agarra otro plato para poner unos huevos revueltos con tocino; un mesero le llena una taza con café cuando se sienta a la mesa y se apresura a dar bocados a todo. Al terminar se levanta, no sin antes pedirle al mesero un vaso de cartón para llevarse en mano un segundo café. De vuelta en la recepción, Javier sale al estacionamiento en busca de su auto alquilado y conduce por la angosta calle cubierta de selva. Tras diez minutos de viaje se estaciona enfrente del hotel La Playa Tulum y sale del vehículo. En la entrada le dan la bienvenida y lo invitan a pasar al área de recepción, que es mucho más lujosa que la de su hotel. El reloj detrás de la mesa de atención marca las 10:44 horas. Él sabe que ha llegado tarde a su reunión. Se dispone a ir en busca del restaurante donde lo citó Eloísa pero un miembro del staff lo detiene antes de que pueda abandonar el área del vestíbulo, este le pregunta por su número de habitación.

—Vengo a ver a alguien —le dice Javier.

—Lo siento mucho señor, solo pueden ingresar miembros del hotel.

Javier busca su celular en los bolsillos del short. Ve un mensaje de Eloísa.

Son las 10:20 y no has llegado. ¡No quiero que me busques más! Déjame intentar disfrutar lo poco que queda de mi luna de miel.

Javier lee la última parte del mensaje: *luna de miel*, y la creatividad se le enciende. Da media vuelta ignorando al miembro del staff que le negó el acceso y se acerca a la recepcionista del hotel.

—¡Buenos días! —dice sonriente la mujer—. Dígame, ¿en qué puedo ayudarlo, señor?

—Hola, buenos días. Fíjese que acabo de llegar del aeropuerto, mi mujer llegó el día de ayer e hizo el *check-in* por los dos. Me dijo que aquí me podrían dar mi brazalete y llave de la habitación.

—Entiendo. ¿Me permite su nombre completo?

—Claro, mi nombre es Arturo. Arturo Álvarez Tijerina.

La mujer teclea el nombre y la reserva aparece como confirmada. Eloísa Morales Almaguer ingresó el día de ayer, primero de agosto, mientras el estatus de su acompañante aparecía como pendiente de ingresar. La recepcionista saca del cajón un montón de tiras color rosa y toma una al azar, pide a Javier que estiré su brazo derecho y le coloca el brazalete por encima de la muñeca con el nombre del hotel impreso sobre el vinilo. A continuación le hace entrega de una hoja en blanco con los reglamentos del hotel y dos tarjetas blancas: una para solicitar toallas en el área de la piscina y otra para ingresar a la habitación 301.

—Qué tenga una excelente estancia, señor Arturo.

Sin dar las gracias, Javier regresa a buscar el restaurante del hotel, esta vez el miembro del staff no lo detiene y le da la bienvenida al ver el brazalete colgando en su muñeca. Javier camina despacio por la banqueta exterior que rodea las habitaciones y la larga piscina bajo centenas de árboles, palmeras y arbustos. Pregunta a un empleado, que camina en sentido opuesto a él, por el restaurante del hotel, este le menciona los cuatro restaurantes que se encuentran distribuidos en las áreas de la playa, la alberca y cerca del vestíbulo principal. Javier se frustra al no recibir una respuesta concreta y se aleja de él rodeando la piscina, en ella están al menos treinta personas asoleándose mientras sumergen la mitad de sus cuerpos en el agua de la cintura para abajo. Sobre los camastros, a orillas de la piscina, mira a una mujer mayor en un diminuto traje de baño leyendo un libro junto a otro hombre aplicándose bronceador en los brazos y pecho. Continúa caminando hasta que por fin la encuentra. Eloísa está acostada boca arriba en un camastro, muy alejada de los otros huéspedes.

Javier se acerca lento y sin hacer ruido, no sabe si Eloísa tiene los ojos abiertos o cerrados por los lentes de sol negros en su cara. Ella lleva puesto un traje de baño de dos piezas color blanco, la parte de arriba cubre sus pequeños pechos; sobre sus hombros descansan sus largos cabellos mojados. Javier baja la mirada hasta la pieza inferior del bañador, sus ojos se pierden en la arrugada y gruesa cicatriz sobre el abdomen bajo de Eloísa. A Javier se le cierra la garganta cuando intenta llamarla por su nombre. La marca en la piel de Eloísa le revive el momento en el que escuchó la noticia de que Arturo había muerto un día después de salir del quirófano. El mareo aumenta y Javier no puede respirar. Siente contracciones en la barriga y en su pecho una molestia insoportable. Javier esconde la cabeza entre los arbustos detrás de los camastros y vacía su estómago con un estruendoso grito acompañado de llanto.

Desorientada, Eloísa se levanta de un salto, voltea hacia el hombre a sus espaldas. Reconoce a Javier con la cara enrojecida, el cuerpo doblado hacia delante y con la camisa blanca mojada en vomito. Ella agarra su toalla sobre el camastro y se acerca para cubrir a Javier por la espalda.

—¡Déjame en paz! —grita Javier con dificultad—. T-t-tú —vomita de nuevo.

Ella lo abraza por los hombros y lo endereza despacio cuando termina de sacar todo el desayuno. Le limpia los restos de vómito en su barbilla con la toalla.

—Ven. Vamos a la habitación para limpiarte.

—No —dice Javier pasando la toalla por sus labios—. Vamos a hablar aquí y ahora.

—Vamos a la habitación —contesta Eloísa muy calmada—. Luego escucharé todo lo que tengas que decirme.

*

Eloísa bebe una botella de agua en el balcón de su habitación. No ha llenado el jacuzzi que tiene a su lado desde que llegó al hotel. Escucha la descarga del excusado en el interior de la habitación y mira a Javier salir del baño. Lleva puestos los shorts a rayas blancas y negras y sus sandalias de goma; su torso descubierto muestra sus pechos firmes y su abdomen poco marcado. Eloísa lo mira salir entre las cortinas de la puerta cuando él se acerca al balcón. Javier mira una mesita de madera con dos sillas en un extremo.

—¿Te quieres sentar? —pregunta Eloísa apuntando una de las sillas. Javier se acerca y se sienta. Eloísa termina de beber el agua de la botella y se sienta frente a él.

El bailar entre el viento y las palmeras debajo de ellos es lo único que se escucha. Desde el tercer piso de donde se encuentran se aprecia el final de la vegetación juntándose con la arena que luego se mezcla en el mar. Ambos admiran el venir de las olas sin hablarse entre ellos. Eloísa no está dispuesta a iniciar la conversación. Su única intención del viaje era sellar el recuerdo de quien había sido su pareja por años. Javier ha sido la sorpresa indeseada que le ha arrancado esa ilusión.

Algo dentro de Javier le pide que se arrepienta de estar ahí con ella. Sabe que llegó a irrumpir el viaje que Eloísa deseaba compartir con Arturo. Pero Arturo no está ahí, entonces el arrepentimiento es remplazado por ira. La misma que lo ha motivado a usurpar la identidad de su hermano para entrar a ese cuarto de hotel.

—¿Sabes lo difícil que se ha vuelto para mí ir a la oficina estos últimos meses? —dice Javier. Eloísa lo mira sin hablar—. Ir y verte trabajar como si nada hubiera pasado. Al final del día regreso a casa sabiendo que jamás volveré a escuchar ni ver a Arturo. En casa todo me recuerda a él. Cada día vivo un infierno y parece que a ti no te importa. No tienes ni la más mínima idea de lo que ha sido para nosotros cargar con esto…

—Habla por ti, Javier —lo interrumpe—. No digas "nosotros". Todo lo que digas o pienses de aquí en adelante que sea porque tú lo sientes. Aquí no hay ningún "nosotros".

—¡Ya! Pues no sabes lo que ha sido para mi cargar con este puto dolor que me carcome el pecho cada día. Saber que mi hermano no merecía esto. Que la que merecía morir eras tú. Que siempre fuiste tú. ¡Tu cuerpo era tu puto problema! —Javier solloza, casi incontrolable—. N-n-n-no era pr-pro-problema de Arturo, no era tampoco de Silvia, ni de mi papá. ¡No era problema mío! —sorbe la humedad dentro de su nariz—. ¡Arturo ya no está y a ti te vale verga! No te importa en lo absoluto.

—Sí me importa.

—¡No! Eres una pinche bruja que le absorbió la vida a mi hermano para que pudieras vivir tú —Javier se levanta empujando la mesa frente a él. Eloísa pela los ojos y se aferra a su silla con los dedos—. Debería hacerte lo mismo que le hiciste a él. Arrancarte la vida con mis propias manos.

—Javier… Tranquilízate, por favor… —las palabras de Eloísa son nerviosas. Javier está frente a ella con la cara roja y mojada en llanto pero con la respiración descontrolada. Bufando de ira.

—¿No te gusta escuchar la verdad? Pues apenas estoy empezando —Javier se acerca hacia ella y la toma con fuerza por los hombros y la estira hacia él obligándola a levantarse—. Me has jodido la vida. Te la has acabado por completo —los pulgares de Javier se van hundiendo por debajo de las clavículas de Eloísa.

Con todas sus fuerzas, Eloísa golpea las bolas de Javier con su rodilla izquierda. Él se dobla de dolor colocando sus manos por encima de su short, sus rodillas casi tocan el suelo. Eloísa cierra su puño derecho y golpea a Javier por encima de sus labios, como si le diera duro al costal de boxeo en sus clases personales. Javier cae desorientado al suelo del balcón, su vista se nubla un poco, distingue la silueta de Eloísa de frente. Ella levanta sobre su cabeza la silla donde estaba sentada, está apunto de golpear a Javier con todo el peso de la madera.

—¡*Loís*! ¡*Loís*! ¡*Loís*! ¡Para! ¡Para! ¡Por favor! —Javier grita con los brazos hacia enfrente cubriendo su labio hinchado—. ¡Perdón! ¡Perdón! ¡Perdón!

Eloísa pone la silla frente a su pecho y la deja caer sobre Javier sin aplicar fuerza. Él se queja de dolor mientras ella se acerca hacia él por un lado.

—Escúchame, perro infeliz —Eloísa se agacha y estira a Javier de una de sus ojeras—. Te he aguantado tantos años de mi vida. Jamás he hablado mal de ti, ni te he reclamado nada por respeto a tu familia y al amor que le tenía a tu hermano. Pero ahora ya no tengo por qué reprimir nada —Eloísa suelta su oreja y se endereza—. Te prohíbo que vuelvas a echarme en cara lo de Arturo. No fuiste la única persona que lo perdió, pero sí eres el único que me culpa por eso. Y no me extraña de ti. Siempre culpas al mundo de todo lo que te pasa, cuando en realidad eres tú quien se mete en todos los problemas que tienes.

Eloísa camina por encima de Javier y entra en la habitación. Javier se retuerce adolorido sobre el piso por el golpe en la boca y en sus partes sensibles. Se retira la pesada silla de su cuerpo. Coloca una mano sobre la mesa de madera y la usa como apoyo para levantarse despacio, sin prisa. Dentro de la habitación mira a Eloísa meter las manos en su maleta, como si estuviera empacando. Javier entra caminando con las piernas separadas por el dolor del rodillazo.

—Eloísa… Perdón… No te vayas —dice Javier a espaldas de ella.

—¿Irme? —Eloísa voltea, todavía con un gesto de ira—. ¡El que se va de aquí eres tú! —y le avienta en su cara una playera color verde—. Ponte eso y lárgate de mi vista. No quiero saber de ti en lo que resta de este viaje —Eloísa se aleja de él a tomar una botella de agua del refrigerador en la habitación.

Javier toma la playera y la extiende frente a él. Reconoce a quien pertenece.

—¿Trajiste ropa de Arturo? —pregunta Javier. Da un vistazo a la maleta de Eloísa y ve que ha empacado más de una prenda de Arturo y un neceser transparente con pertenencias de un varón: rasuradora, crema para afeitar, desodorante para hombre.

—¡Ya puedes irte! —dice Eloísa cerrando de golpe la maleta frente a ambos—. Si quieres llevarte tu camisa vomitada, ¡adelante! Está colgada en la regadera.

Javier no responde, se queda mirando la mano de Eloísa sobre la maleta. Nota el brillo de su anillo de compromiso. Luego ve los mismos dedos tronando frente a su cara.

—¡Anda! —Eloísa chasquea tres veces frente a los ojos de Javier. Él camina en reversa hasta que su espalda choca con la puerta.

—Por favor. Perdóname, no pensé bien lo que dije allí afuera, fue una reacción que no esperaba—Javier abre la puerta para salir de la habitación—. ¿Podemos hablar en la noche o mañana?

—Ponte hielo sobre el labio y tómate una pastilla Advil para el dolor —dice Eloísa antes de cerrarle la puerta en la cara.

Javier se queda en el pasillo con la mirada en el piso. Todavía tiene la playera de Arturo en las manos. Se la pone y siente como le queda a la medida.

Por su parte, Eloísa se acerca hacia su maleta y la abre de nuevo. Mira la ropa de Arturo doblada y lista para usarse, como si él en verdad la estuviera acompañando en el viaje.

Afuera…, Javier acerca la tela verde a su nariz.

Adentro…, Eloísa toma una prenda de Arturo y se cubre el rostro.

Y ambos respiran su falta.

DIEZ

Arturo hacía dominadas con un balón de futbol antes de entrar en la cancha, a su lado, sentado en el banquillo de espera, Darío se ataba los cordones de sus tenis Adidas. Detrás de ambos se levantaba una malla de metal protectora que cubría el largo de las gradas. Desde la tercera fila, Silvia, Eloísa y Javier esperaban a que diera inicio el partido, junto a familiares y amigos de los jugadores, y sobre todo de otros miembros del Club Deportivo Contry. Los reflectores en las esquinas del campo alumbraban a los más de veinte jugadores, todos ellos calentando antes de dar inicio a la final del torneo de futbol nocturno organizado por los representantes del Club Deportivo. El árbitro llamó al centro de la cancha a dos jugadores de cada equipo. En camiseta púrpura con líneas negras verticales llegó Arturo, representando a Los Caguameros; y en camiseta blanca pasó un integrante del equipo contrario, Los Atletas. Luego del lanzamiento de moneda al aire, el partido inició con el rugir del silbato. Arturo se adelantó pateando el balón fuera del círculo central a uno de sus compañeros a sus espaldas, este lo bajó y lo mandó de frente a Darío. Darío lo recibió y avanzó con él casi llegando a la media luna del área penal, se preparó para tirar cuando un defensa de Los Atletas se acercó por su izquierda, Darío regresó el balón hacia media cancha en donde Arturo lo interceptó con el pecho y lo bajó, se acercó de nuevo al área penal, esquivó, se preparó, tiró y… ¡GOL!

Al minuto uno Los Caguameros tomaron ventaja en el partido. En las gradas los aficionados del equipo se levantaron gritando emocionados por llevar la delantera hacia la victoria. Eloísa se acercó eufórica hasta la malla protectora que la separaba de los jugadores, Arturo la miró desde mitad de la cancha y rápido fue a su encuentro; ambos juntaron sus labios entre los orificios de la malla y entrelazaron sus dedos.

—Te amo —le dijo Arturo al oído y corrió de espaldas de nuevo hacia la cancha.

—¡Dale mi amor! ¡Tú puedes! —gritó Eloísa.

Por su parte, Javier pasaba por entre las gradas con la palma de su mano extendida recibiendo billetes de otras personas.

—Tuviste suerte, chamaco —dijo un señor mayor de gorra azul extendiendo su apuesta a Javier.

—Yo soy la suerte —le contestó.

Javier llevaba organizado apuestas deportivas desde el inicio del torneo, de forma ilegal y sin permiso del Club Deportivo. Los apostadores eran familiares de jugadores, miembros del Club y espectadores que asistían a los partidos desde el comienzo de la temporada. En el partido final se aseguró de tener un ingreso extra al apostar que Los Caguameros anotarían el primer gol en los primeros diez minutos; bastó con girarse y buscar aficionados de Los Atletas para que se animaran a dejar volar unos cuántos billetes. Dentro de las bolsas de su gabardina color gris, Javier resguardaba todo el efectivo recolectado desde que inició el torneo hace poco más de un mes. Los interesados en apostar a los equipos transferían cierta cantidad a la cuenta personal de Javier; al final de cada partido el premio se repartía entre los ganadores a las afueras del estacionamiento del Club Deportivo Contry, donde Javier los alentaba a apostar para el siguiente encuentro, y el partido final no sería la excepción. Javier contó el manojo de billetes recién recolectado luego del gol de su hermano y se sentó junto a Silvia. Eloísa también estaba de regreso en las gradas.

—¿Necesitas hacer eso en público? —le preguntó Eloísa a Javier mientras veía como metía los billetes en la bolsa derecha de su abrigo—. Algún día te van a sacar a patadas de aquí.

—¡Shhhhh! —la calló Javier—. No te pongas nerviosa que de aquí no me saca nadie, yo conozco al dueño del deportivo.

—¿Ah, sí? ¿Quién es?

—¿Para qué te digo nombres si de todas maneras no lo vas a conocer? Además, tú no eres socia activa del Club

—Tú tampoco, Javier.

—Claro que sí, ¿quieres apostar? —dijo Javier burlándose mientras mostraba el fajo de billetes saliendo de su bolsillo.

—Tienes acceso solo porque Arturo consiguió trabajo en la administración del Club, y los inscribió a ti y a Darío como parte del equipo en el torneo. Por cierto, ¿por qué no juegas? Es lo mínimo que deberías hacer por quitarle el lugar a alguien.

Javier se guardó de nuevo los billetes en la gabardina y fijó la mirada en el partido.

—El futbol y yo…, no somos compatibles, me gusta verlo mas no jugarlo —dijo recordándose de niño tirado en el piso de las canchas del colegio con las risas de fondo, los niños burlándose de su redondito y pesado cuerpo; y luego tirado en un terreno baldío con el ojo golpeado, todo por culpa de un estúpido balón.

—Además, ¿por qué haces esto? —preguntó Eloísa—. ¿No tienes dinero?

—No lo suficiente para todos mis gastos.

—Deudas, Javier… Se le llaman deudas.

—¡Tiro de esquina! —gritó de repente Silvia, que no despegaba la mirada del partido.

Javier regresó a poner la mente en el juego. Miró a Darío correr al extremo derecho de la cancha, hacia la esquina más próxima de donde se encontraban ellos como espectadores. Le acercaron el balón a Darío, sin esperar lo pateó cerca del área de meta donde Arturo se encontraba. Arturo brincó alto hacia el balón listo a dar un cabezazo hacia la portería, cuando un contrincante lo golpeó en el pecho con la fuerza de su codo obligándolo a caer al suelo. El estruendo del silbato detuvo el juego y en las gradas se escuchó gritar casi a coro: ¡Penal! En ese momento Javier se levantó.

—¡Apuestas! ¿Lo mete o no lo mete? —gritó al público, en especial a toda la afición de Los Atletas.

—¡¿Es en serio?! —le gritó Eloísa a Javier—. ¿Viste lo que pasó con tu hermano? —dijo ella antes de empujarlo con sus brazos para abrirse camino hacia el acceso a la cancha.

El público comenzó a guardar silencio mientras que en la cancha se aglomeraban en círculo los jugadores de ambos equipos. Al centro de todos, Arturo se encontraba boca arriba con la cara roja, los ojos cerrados y casi sin poder respirar. Darío se acercó a él empujando con calma a los demás jugadores hasta llegar a su lado; lo agarró por la nuca y lo levantó despacio.

—¿Estás bien? —le preguntó Darío. Arturo fue recuperando el conocimiento y la respiración de forma paulatina hasta que pudo reconocer la cara de su amigo frente a él. Una voz detrás de Darío le pidió retirarse.

Los paramédicos llegaron a inspeccionar los síntomas de Arturo y fueron descartando peligros que pudieron provocarse por la magnitud del golpe. Despacio y sin forzarlo, Arturo logró levantarse con ayuda de Darío y un paramédico. Caminó lejos del cúmulo de jugadores que se fueron esparciendo por la cancha y alzó los pulgares al cielo mirando hacia las gradas. Eloísa suspiró aliviada cuando miró a Arturo levantar los brazos. Algunas personas del público batían palmas sobre las gradas por la irrefutable decisión del árbitro, mientras otros se guardaban sus corajes. Los Caguameros no tuvieron ni siquiera que hablar para decidir a quién le correspondía tirar el penal, Arturo ya se encontraba caminando hacia el área del punto. Javier miró a su hermano acercarse sin molestia alguna hacia la portería del contrincante.

—¡Apuestas! ¿Lo mete o no lo mete? —volvió a gritar Javier.

Un hombre canoso tocó a Javier por la espalda con la punta de sus dedos.

—No lo mete —dijo el hombre sacando su cartera y entregando un billete de cien pesos a Javier.

Javier sacó de su bolsillo el fajo de dinero, tomó el billete del hombre y lo metió entre los demás. Antes de que volviera a prestar atención al juego, dos guardias de seguridad uniformados subieron por entre las gradas metálicas para interceptar a Javier.

—Acompáñenos a la salida, señor —dijo uno de ellos a Javier casi tomándolo del brazo.

—¿Qué? ¿Por qué?

—Tenemos órdenes de que tiene que desalojar las instalaciones del deportivo.

—¿Qué? No. ¡No pueden hacerme eso! Soy miembro activo de este Club.

—Nosotros solo cumplimos órdenes, señor.

—¿Qué no entendiste, guarro? Soy socio activo del Club Deportivo Contry. Yo formo parte de tus superiores. Ahora déjame en paz o voy a llamar al dueño, el señor…

—El señor Méndez ha pedido personalmente que se le saque de las instalaciones. Usted ya no es miembro de este Club, señor. No haga más difícil el trabajo.

Javier volteó alrededor con la vergüenza consumiéndolo. Silvia se levantó a tratar de dialogar con los empleados.

—No es posible que se quede, señora. Son órdenes. Debe irse de las instalaciones.

Javier buscaba con la mirada un acceso por el cual pudiera colarse e irse corriendo sin ser llevado por los mastodontes frente a él.

—¡Pues en ese caso que me devuelva lo que le acabo de dar! —gritó el señor canoso a sus espaldas—. ¡Se cancela la apuesta!

Los ojos furiosos de Javier se dirigieron hacia el hombre mientras en las gradas gritaban otras personas.

—¡A mí también que me regrese lo que le di! —gritó una

mujer.

—¡Óraleeeee! ¡No sea rataaaaaa! —la apoyó otro joven.

El alboroto en la tribuna se escuchó hasta la cancha, lo que provocó que el árbitro detuviera el partido. Arturo volteó hacia el público y vio a Javier siendo escoltado por dos guardias del Club rumbo a la salida, se acercó hasta la malla donde se encontraba la puerta de acceso dispuesto a salir para encontrarse con su hermano, pero en su lugar se topó con Eloísa, ella lo detuvo.

—No. Tú regresa al juego. Es la final de tu partido.

—Pero a Javier, ¡se lo están llevando! ¿Qué chingados hizo ahora?

—No te preocupes, amor. Yo me encargo de que no le pase nada. Tú regresa al partido, que los demás te están esperando. Tu equipo te necesita —Eloísa lo tomó de las manos y él se acercó a besar sus labios.

Arturo corrió hacia el campo de juego y Eloísa se apresuró a salir del mediano campo de futbol. Ella miró a los guardias de seguridad escoltando a Javier rumbo al área de recepción del deportivo. Se apresuró a alcanzarlos trotando por el pasillo de concreto construido entre los verdes jardines del Club y las canchas de tenis a su izquierda. Por delante, Eloísa escuchaba los gritos de Javier contra los guardias exigiendo que lo soltaran; y por detrás, escuchó el unísono grito de la tribuna: ¡GOL!

Los guardias esperaron a que las puertas automáticas de la recepción se abrieran luego de que el escáner leyera sus tarjetas de acceso. Una vez al exterior del Club, empujaron a Javier dos escalones abajo hasta que cayó de rodillas en el asfalto del estacionamiento. Ambos guardias volvieron a ingresar, y a espaldas de Javier se cerró la puerta de acceso. Javier se levantó del piso sacudiéndose el polvo en su ropa sobre las piernas. Al pasar las manos por encima de los bolsillos de la gabardina notó su ligereza, los manojos de billetes con el dinero que recolectó durante la temporada habían desaparecido. Sintió sus piernas adormecidas al subir de nuevo los escalones hasta las puertas de cristal de la recepción. Paso su tarjeta de acceso por el lector, pero la luz roja se encendió frente a él indicando acceso denegado. Azotó las palmas de sus manos contra el cristal exigiendo que le abrieran. Una de las recepcionistas asomó su cabeza con un teléfono alámbrico en la mano. Javier le exigía que abriera las puertas, pero ella se negó. Entre los gritos hacia la mujer, Eloísa llegó a la recepción y miró a Javier del otro lado de las puertas.

—Disculpe, señorita —dijo Eloísa a la mujer al teléfono—. ¿Podría darle el acceso al hombre que está del otro lado? Es… Es mi cuñado… Bueno no mi cuñado en realidad, sino el hermano de mi novio.

—Lo siento mucho —le contestó ella—. Tengo órdenes muy estrictas de no dejarlo pasar. Ya no es cosa mía, es cosa de mis superiores.

Eloísa volteó hacia a Javier y miró como otros dos diferentes guardias de seguridad lo estiraban por la espalda para sacarlo del estacionamiento.

—No me toquen si no quieren que aquí haya un problema —decía Javier dando manotazos hacia ellos tratando de quitárselos de encima.

—Joven —dijo el de voz más gruesa—, si no se retira por su cuenta nos va obligar a llamar a la policía, y cuando vengan ellos nosotros ya no tendremos control de lo que pase con usted después.

—¡Idiotas! —gritó Javier empujando a uno de ellos—. ¡Me acaban de robar más de ciento cincuenta mil pesos! —alrededor de siete mil quinientos dólares—. ¡Son unos pinches ladrones!

—¡Javier! —gritó Eloísa. Javier la vio acercándose—. ¡Ya, por favor! —se colocó entre Javier y los hombres de seguridad—. Nos estás echando a perder el día a todos. Arturo está allá jugando el partido de su vida y tú te lo estás perdiendo. ¡Y me lo estás haciendo perder a mí también!

—¡Tú no tienes idea de lo que yo estoy perdiendo aquí!

¡De lo que me han robado estos hijos de la chingada! —grito Javier apuntando al personal de seguridad.

—¡Pues arréglalo! ¿No eras muy amigo del dueño? —le preguntó Eloísa—. ¿Dónde está él?

Javier se queda en silencio al escuchar la pregunta y recuerda que tiene entre sus contactos al señor Méndez, dueño del Club Deportivo Contry, al que había conocido gracias a Arturo, cuando lo invitó a la cena de equipos de futbol que organizó el Club al inicio de la temporada. Todos los jugadores inscritos en el torneo fueron invitados al salón de eventos del deportivo para escuchar en conferencia las reglas del torneo y las razones por las cuales se efectuaba. El Club buscaba generar ingreso extra con la venta de boletos de los partidos, venta de comida y bebida durante los juegos, y sobre todo exponer las instalaciones a socios potenciales que quisieran inscribirse y adquirir una membresía. Javier no se quedó con las ganas durante la conferencia y se presentó ante él señor Méndez como aspirante a trabajar en el área administrativa del Club junto a su hermano Arturo; luego de una breve introducción de su persona, por fin dejó su tarjeta de presentación. A los pocos días del evento, el señor Méndez contactó a Javier para que se presentara en las oficinas y se le realizara una entrevista, en la cual Javier no obtuvo el codiciado puesto de trabajo, pero sí el número del dueño del Club Deportivo Contry.

Javier sacó su teléfono y marcó el número del Licenciado Méndez, este no contestó. Javier continuó insistiendo hasta que después de quince minutos se cansó de intentar. Al interior del Club se escuchó otro grito de la multitud: ¡GOL!

—Javier, mejor ya vete —le dijo Eloísa.

—Me han robado, ¿lo sabes?

—Sí, te escuché. Pero ahora no lo puedes solucionar y yo quiero regresar a ver a tu hermano. ¿Puedes regresar a tu casa?

—¡Ya vete a verlo! No te necesito para nada

—Te puedo ayudar, Javier. Pero hoy no. Hablemos

mañana.

—¡Ya vete, chingado! —le gritó Javier.

Eloísa no dijo nada más. Regresó hacia la recepción donde le brindaron el acceso desde el interior. Javier se quedó frente a los dos guardias de seguridad que no le quitaban los ojos de encima

—No me voy a ir sin mi dinero. Y háganle como quieran.

Uno de los guardias sacó un celular de su bolsillo. Carraspeó antes de hablar.

—Jefe —dijo con el teléfono en la oreja—. Aquí está el joven, pero se rehúsa a salir de la propiedad —pasan un par de segundos—. Muy bien, entiendo —dijo y estiró el teléfono hacia Javier—. ¡Toma! El jefe quiere hablar contigo

Javier le arrebató el celular de los dedos.

—¿Hola?

—Javier… Habla Ángel Méndez.

—¡Señor, Méndez! Gracias por comunicarse. Estoy en el estacionamiento…

—¡Cállate, muchachito pendejo! Ya estuvo bueno de tus mamadas.

—Se… señor, yo.

—No me creas estúpido, ¡pendejete! Sé que andas jugando al empresario en mi negocio, pedazo de cabrón. Te crees el muy verga moviendo las apuestas en mi propiedad. Usando mis instalaciones como si estuvieras dentro de la nómina o hubieras invertido en la instalación. Pues esto no es así, cabrón. Si quieres dártelas de empresario en mi tierra, pues vas a trabajarla, ¡y vas a contribuir! Con esto que dejaste evitas que te meta la primera demanda.

—¿Con lo que dejé? ¿Demanda?... ¡Oiga! ¿Tiene mi dinero?.

—No, no. No seas pendejo, animal. Ese dinero lo sacaste de las bolsas de todos mis clientes. Y si le quitas dinero a mis clientes, ¡les estás quitando dinero a mis hijas! ¿Entendiste, pendejo? Ahora pásate a retirar si no quieres que en verdad te meta demanda por apuestas ilegales. Y un consejo, cuando quieras jugarle al verga primero háblese con un servidor y luego vemos si le echamos la mano. Pero por ahora, váyaseme mucho a la chingada si no quieres que te meta yo mismo al bote.

El señor Méndez cortó la llamada y el guardia arrebató el teléfono de las manos de Javier, que se quedó mudo en medio del estacionamiento. Los guardias se alejaron de él. Javier sacó de su pantalón las llaves de su auto y se dirigió hacia el vehículo. Condujo hasta su casa sin encender la radio ni la calefacción, silencio total. Al llegar a casa subió las escaleras y caminó directo a su cuarto. Fue cuando las llamadas y mensajes empezaron a llegar. Los Caguameros habían resultado campeones del partido. La final del torneo. Ahora debía transferir el dinero de las apuestas a cada uno de los miembros del club que le habían apostado a favor. Una cantidad que no tenía en sus bolsillos ni en su cuenta bancaria que continuaba sumando deudas.

El trofeo dorado en forma de cono con un balón en la punta relucía sobre la estantería de la sala, Javier lo miraba con rabia sentado en uno de los sillones de la sala de su casa. Arturo tenía la mirada hacia el piso con las manos entrelazadas frente a su boca, procesaba lo que Javier le terminó de contar. Arturo se levantó del sofá frente a Javier y giró su cuerpo hacia la estantería, estiró el brazo izquierdo hasta alcanzar el trofeo con sus dedos y lo tomó entre sus manos.

—¡Eres un pendejo! —gritó Arturo lanzado el pesado material hacia Javier, lo golpeó sobre el brazo izquierdo—. ¡¿Cómo piensas pagarle a toda la gente que le debes?!

—Ya, ya e…, es…, estoy —tartamudeó al filo del llanto—. Estoy en eso.

—¡¿De dónde Javier?! ¿De donde vas a conseguir el dinero en un día? Si la gente quiere te demanda por haberlos estafado, y más por ser apuestas ilegales. ¿En qué chingados estabas pensando? ¿Por qué lo hiciste?

—¡Necesitaba dinero! ¡No tengo ni un peso desde que me corrieron del despacho! Y conseguir trabajo no está tan fácil como parece. Mi idea era trabajar en el Club como tú lo haces pero tampoco me aceptaron, por eso se me ocurrió esto de las apuestas, para sacar algo de efectivo mientras encuentro algo.

—No tienes dinero porque no ahorras, cabrón. Todo te lo gastas en tus salidas al antro y en cosas de marca que no necesitas. ¿Cómo esperas salir de esto?

—Ya hablé al banco hoy. Quiero ver si me pueden extender mi línea de crédito o solicitar un préstamo.

—O sea, ¿endeudarte más? —Arturo se rascó la cabeza mientras caminaba en círculos por la sala—. ¿Le has dicho algo a nuestros papás?

—No. No saben nada.

—¡Pues que ni se te ocurra decirles! Tú te metiste en esto, ahora busca como salir. No es justo que a su edad tengan que preocuparse por tus pendejadas. No es justo para mí tampoco estarme preocupando por ti. ¡Me puedes costar mi trabajo! Ya no somos niños ni tampoco adolescentes, Javier. ¡Reacciona, por favor! ¡¿Qué es lo que esperas de tu vida?!

—Arturo, por favor. Ayúdame. No sé qué hacer. Mi teléfono no deja se sonar. La gente quiere su dinero por el resultado del torneo y no tengo cómo pagar. No quiero que me denuncien. No quiero pisar la cárcel —Javier se acerca a su hermano y aprieta sus manos con fuerza—. Por favor… Te lo imploro… ¡Ayúdame!

Arturo retiró sus manos de entre los dedos de Javier y caminó hacia el segundo piso de la casa. Javier se quedó solo en el sillón con las lágrimas saliendo de una en una. En su mente se planteaba los peores escenarios que aún no ocurrían y que le provocaban una incómoda ansiedad que no le permitía concebir ni un segundo de paz. Se recargó en los cojines y miró el candelabro del techo, se preguntaba cuánto dinero podría conseguir si lo vendiera por internet, luego se enderezó y miró más objetos en la sala. Su mente puso etiquetas de precios imaginarias a cada uno de ellos. De pronto escuchó una puerta cerrarse en segundo piso, Arturo bajó por las escaleras colocándose una chamarra color café y caminó hacia la puerta de la casa. Javier se levantó del sillón y se acercó hacia él.

—¿A dónde vas?

—Ahora vuelvo. Por tu seguridad no abras la puerta a nadie hasta que yo regrese —y salió de casa con las llaves de su auto en la mano.

Javier lo vio partir desde la ventana de la sala.

Arturo llegó a casa ese día por la noche en compañía de Eloísa, que sujetaba una bolsa de papel entre los dedos. Silvia y su esposo se encontraban sentados en la sala mirando la televisión y les dieron la bienvenida.

—Arturo, ¿por qué no nos dijiste que venía Eloísa? —reclamó Silvia—. Hubiéramos pedido algo para cenar. No tenemos nada en el refrigerador.

—No te preocupes mamá —dijo Arturo—. Eloísa quiere…

—¡Quiero invitarlos a cenar yo! Hoy es un día para celebrar.

—¿Qué celebramos? —preguntó Javier mientras bajaba las escaleras hacia el primer piso donde todos se encontraban. Miró a su hermano colgar las llaves de su auto a un lado de la puerta y quitándose su chamarra—. Arturo… ¿A dónde fuiste?

Arturo arrebato la bolsa de papel en manos de Eloísa y se la lanzó a Javier con la misma fuerza que le aventó el trofeo esa tarde, esta vez el golpe no le dolió a Javier.

—Tú aquí te quedas —le ordenó Arturo—. Nosotros vamos a ir a cenar para celebrar que Eloísa consiguió el ascenso en su trabajo.

—¡Ay, Dios mío! —exclamó Silvia—. ¿Te ascendieron a

coordinadora?

—¡Sííííí! —gritó feliz Eloísa—. Están viendo a la nueva Coordinadora de Seguridad e Higiene de Grupo Arámbula.

—¿Pues qué esperamos? —preguntó el padre de Javier—. ¡Vamos a celebrarlo!

—Tú no le hagas caso a tu hermano —le dijo Silvia a Javier—. Arréglate y vamos.

—¡No mamá! No va a venir —afirmó Arturo—. Él tiene que quedarse a arreglar otras cosas. ¿Verdad, Javier?

Javier no respondió. Caminó escaleras arriba hacia su habitación con la bolsa de papel entre sus manos. Encerrado en las cuatro paredes y sentado en la cama, paso los dedos por el borde del papel y miró al interior. Tres manojos de billetes de quinientos pesos estaban al fondo de la bolsa. Javier los tomó, contabilizó los papeles que en total daban la cantidad exacta de $150,000 pesos. Saltó de un brinco de la cama y se dispuso a contestar los mensajes y llamadas que había recibido, asegurando que estaba en camino a pagar lo que se debía. Al bajar a la sala notó su soledad. Todos se habían ido. En su apuro por salirse él también, tomó la chaqueta de Arturo que dejó colgada sobre el perchero y salió de casa. El frío de la noche lo obligo a resguardar sus manos en las bolsas de la chaqueta, las yemas de sus dedos izquierdos se encontraron con papeles arrugados dentro. Javier los sacó y los extendió frente a su cara. Miró el primero, un comprobante de retiro de efectivo en el banco por más de cien mil pesos; luego leyó el otro papel que llevaba escrito en la primera línea: *Eternity Diamonds*, era un recibo por concepto de empeño de un anillo de compromiso por más de cincuenta mil pesos.

Y supo que Arturo estaba decidido a emprender su propio camino.

Javier era un retraso.

Una demora en su viaje.

ONCE

Eloísa había olvidado lo calurosas que pueden ser las noches en la Riviera Maya, y es que para ella se ha vuelto duro recordar su vida antes de que todo cambiara, cuando podía beberse hasta cuatro margaritas con sal y sin angustia. El televisor en la habitación del hotel está encendido sin volumen. La ausencia de Arturo está presente en su ropa encima de las sábanas de la cama. Eloísa va extendiendo de una por una las prendas que empacó para el viaje, en su mayoría largos vestidos playeros, cada uno con diferente diseño y estampado. Duda si estrenar alguna prenda o usar el mismo conjunto del día anterior para bajar a cenar en uno de los restaurantes del hotel. Elige uno nuevo, un largo vestido color crema con estampado floral y tropical en tonos azules vivos. Se coloca frente al gran espejo pegado en una de las paredes de la habitación y se despoja de la toalla de baño que la cubría desde el pecho hasta las rodillas. Frente a su reflejo se observa cada rincón de su cuerpo. Le ha costado lágrimas verse desnuda por la grotesca marca en su piel, que la hace sentir como un epitafio que llevará el nombre de Arturo hasta el fin de su existencia. Eloísa agarra el vestido, se lo pasa por encima de la cabeza y la tela se desliza despacio hasta cubrir su desnudez. Se gira para observar lo bien que le queda el conjunto que se balancea por encima de sus pies descalzos. Siente el frescor de los azulejos al caminar hacia el baño, donde la luz blanca de los focos alrededor del espejo le repelen las sombras en su cara. Con ambas manos recoge su cabello negro en una coleta y deja caer sobre su frente dos mechones de pelo. Se mira la cara lavada sin ninguna gota de maquillaje exponiendo sus ojeras sumidas bajo los ojos negros. Sobre el lavabo se encuentran sus cosméticos personales, toma entre sus dedos una base correctora y chorrea unas gotas sobre las yemas de sus dedos, su índice y pulgar masajean la textura. Antes de acercársela a su cara, abre el agua en el lavamanos y se limpia los dedos. Con una toalla blanca los seca bien y vuelve a mirarse en el espejo. Decide que esa noche se verá tan natural como si Arturo la esperara en la cama para juntos abrazar el sueño. Se baña de perfume por el área del cuello y el pecho. El contorno superior de sus senos sobresale en el escote del vestido y sus pezones se marcan en la delicada tela que los protege. Se coloca un par de pulseras de oro en ambos brazos y acomoda su anillo de compromiso en el dedo. De regreso en la habitación se calza unas cómodas sandalias blancas que, sin querer hacerlo, combinan con su bolsa de mano, en ella mete su celular, la llave del cuarto y algo de dinero en efectivo. Al abrir la puerta de la habitación escucha la lejanía de las olas del mar en armonía con la música de un saxofón que interpreta un elegante jazz. Desde la vista del tercer piso del edificio en donde se encuentra, puede mirar el restaurante exterior del hotel a orillas de la playa, una enorme palapa circular con techo de palma que agrupa luces cálidas en su interior. Eloísa baja por las escaleras hasta la planta baja del edificio y emprende su camino al restaurante. Se deja guiar por la música del saxofón, que con cada paso se vuelve más sonora. Sus pies tocan la arena de playa. Varias antorchas de bambú encendidas y clavadas en la arena iluminan el sendero hacia la entrada del restaurante.

—Buenas noches, señorita —le dice un joven antes de ingresar—. Mi nombre es Beto y estaré atendiéndola junto a mis compañeros. ¿Me permite su número de habitación?

—Buenas noches, Beto. ¡Claro que sí! Mi habitación es la: tres, cero, uno —contesta ella sonriente. El joven escanea la lista en sus manos y mira el registro de su habitación.

—¡Perfecto! Sígame por aquí, ya la esperan en su mesa —dice Beto y la sonrisa de Eloísa se esfuma.

—Disculpa…, Beto —Eloísa lo detiene agarrándolo por

el brazo—. Yo no vengo con nadie. Vengo sola.

—Oh… Vaya… Es que en mi lista aparece que alguien ingresó con su número de habitación. ¿Reconoce al hombre en la mesa junto a los músicos?

Eloísa lo mira vestido en una elegante guayabera azul turquesa con bordados blancos en los hombros, Javier la saluda desde lejos sentado en una mesa justo al lado del escenario en donde el saxofonista continúa interpretando melodías. Por un segundo, Eloísa considera dar media vuelta y regresar a encerrarse en su habitación, pero su antojo y ganas de una exquisita comida junto a la vibra tropical del lugar la animan a quedarse, a pesar de la presencia del no invitado. Esta dispuesta a dejar su dolor y tragarse la humillación con tal de que su viaje continúe.

—Lamentablemente sí… Lo conozco.

El joven Beto se acerca junto con Eloísa a la mesa, este recorre hacia atrás una elegante silla de madera con cojines blancos. Eloísa se sienta y pone su bolso sobre la mesa decorada con un mantel blanco, el centro lo ilumina una ancha vela blanca dentro de un frasco de vidrio.

—¡Qué combinados se vinieron esta noche! —les dice Beto.

Ambos se miran sus atuendos de tono azul entre la cálida luz que produce la vela antes de verse a los ojos.

—¿Qué tienen en el menú de esta noche? —pregunta Eloísa a Beto para desviar su atención de Javier. Beto se acerca a la mesa y apunta la hoja de papel que descansa sobre el mantel.

—El especial de hoy, y que deberían probar, es un tartar de salmón y aguacate que está exquisito, ese entra en el menú a tres tiempos. También contamos con una extensa variedad de rollos orientales que podrán pedir directamente en la barra de sushi, todas las opciones se encuentran aquí en el menú; o si lo prefieren, pueden acercarse a la barra del buffet, tenemos una excelente variedad de pastas y ensaladas. Aquí hay para todos los gustos. Entonces, ¿qué les gustaría probar?

Eloísa y Javier se miran haciendo un gesto de disgusto que solamente entre ellos lo notan.

—Iremos directo a la barra —contestan a la vez.

—¡Excelente! Bienvenidos —dice Beto para después alejarse hacia la entrada de la palapa donde otros huéspedes esperan ingresar al restaurante.

Javier ladea su cuerpo hacia la derecha para mirar por detrás de Eloísa, se asegura que Beto esté lo más alejado posible de la conversación.

—Escuché salmón y me dieron ganas vomitar —dice Javier.

—¡Yo cuando dijo aguacate! —le contesta Eloísa.

—¿No habrá algún corte de carne que sirvan con un buen vino? —dice Javier agarrando el menú.

—*Javi*, se me hace increíble que adores venir a la playa pero no toleres los mariscos.

—¿En serio? Pues imagina lo increíble que es para todos saber que eres mexicana y que no te gusta el aguacate. ¿Con qué acompañas tus enchiladas, chilaquiles o totopos?

—¡Por favor! Hay muchas salsas, quesos y hasta mole, todo eso se prepara sin usarlo. Créeme, ¡se puede vivir sin aguacate! Y cuando tienes una dieta estricta como la que llevo yo, la creatividad se te enciende.

—¡Calla, Satanás! —dice Javier dejando el menú sobre la mesa—. Vamos a buscar una pasta, entonces.

Javier es el primero en llegar a la barra de comida, en su plato pone tres preparaciones diferentes de pasta en la que destaca el ravioli. Eloísa está del otro lado tomando pedazos de pizza estilo gourmet con diferentes ingredientes encima de cada trozo, en su mayoría verduras. Cuando vuelven a la mesa un mesero les ofrece algo de beber, Eloísa se pide un vaso con agua y Javier una copa de champán. Javier coge el tenedor sobre la mesa para empezar a comer; a diferencia de Eloísa que se ha llevado un pedazo de pizza a la boca con ambas manos, se limpia la boca y dedos con la servilleta de tela que luego coloca en su regazo. Javier, sin querer, mira el anillo de compromiso sobre el dedo de Eloísa mientras ella se termina su pedazo de pizza; Javier da un trago a su champán antes de hablar.

—*Loís*… Perdón por lo de esta tarde —dice Javier—. No fue la manera correcta de hablarte… Ni de tratarte. Te… ¿Te lastimé mucho?

Eloísa agarra su segundo pedazo de pizza y se lo lleva a la boca, no dice nada ante las disculpas. Javier pica con el tenedor otra porción de pasta en su plato y se lo lleva a la boca, mastica con la mirada hacia las otras mesas, sin ver a su acompañante.

—¿Cómo llegaste a Tulum? —le pregunta Eloísa—. ¿Compraste un paquete de último momento o por qué viniste hasta aquí? Dime… ¿Cómo me encontraste?

—Te lo dije por mensaje —Javier ahora la mira—. Teníamos pensado caer de sorpresa a su luna de miel. Ya sé que no es lo común. Pero Silvia insistió y Arturo nos convenció de que era una excelente idea. Ambos querían hacer un viaje de despedida antes de que los dos se fueran a vivir a Manchester, así que organicé este viaje. Al final todo el mundo rechazó venir…, por razones obvias —Eloísa lo escucha comiendo en silencio y dando tragos a su agua—. Eloísa… De nuevo… Perdón por lo de esta tarde.

—Te escuché la primera vez.

—¿Entonces? ¿Por qué no dices nada? Eso no es aceptar una disculpa.

—Javier, ¿cómo quieres que acepte tus disculpas si yo ya no las creo? Siento que están cargadas de remordimiento y eso les quita toda sinceridad. Parece que solo las dices para sentirte mejor contigo mismo, no porque quieras tener una relación sana conmigo. O al menos la tendremos hasta que vuelvas a cometer otra de tus pendejadas, y volverás a disculparte.

—Yo sé que no soy perfecto. Jamás seré el mejor hombre del mundo, pero, ¿quien sí lo es?

—No se trata de ser perfecto o no, Javier. El problema es…, que nunca piensas antes de hablar ni de actuar, eso te provoca cometer los mismos errores y te mete en demasiados problemas. Pareciera que no aprendes de lo vivido.

—No me hables así.

—Javier. Tienes que empezar a poner tus prioridades en una balanza y a comenzar a tomar mejores decisiones por tu cuenta, sin pensar que alguien estará detrás de ti listo a limpiar tu desastre.

—Cállate, Eloísa.

—Aunque me duela decirlo y sea incómodo para ambos escucharlo, Arturo ya no está aquí para hacerlo por ti. No está para protegerte.

Javier da un golpe a la mesa con el puño cerrado, como si fuera un mazo en una corte cerrando el caso. Eloísa baja la mirada hacia su regazo y se queda en silencio. La música continúa escuchándose a su alrededor. Pocas personas en el restaurante se percataron del estruendo. Javier se pone las manos sobre la cara y respira profundo antes de hablar.

—Te voy a pedir un favor —dice Javier acercando su cuerpo a la mesa —, no te metas en la relación entre mi hermano y yo, que ni siquiera tú la conociste. Porque aunque no te guste y te cueste aceptarlo, tú eres la persona menos indicada para hablar de él.

—¿Ves por qué digo que tus disculpas no son sinceras? —Eloísa levanta la mirada y acerca también el cuerpo a la mesa—. Javier, dime la verdad, ¿viniste hasta aquí solo para que yo te escuchara? Porque si es así ya te escuché lo suficiente esta tarde y no voy a permitir que me vuelvas a hablar ni a tratar de esa manera. No me lo merezco después de todo lo que he hecho por ti.

—¿Hecho por mí? ¿Qué has hecho tú por mí que no te lo haya pedido Arturo?

—¿Disculpa?

—Piensas que no sé todo lo que Arturo te ha obligado a hacer por mí.

—A ver… Tú dime, ya que lo sabes todo, ¿qué me obligó Arturo hacer por ti?

—¡Contratarme, por ejemplo! Me ayudaste a conseguir trabajo para que le pagara a Arturo, lo más pronto posible, lo que me prestó para cubrir mi deuda en las apuestas del Club.

—A ver, según tú… ¿Por qué yo, Eloísa, querría que Arturo recuperara su dinero? Si él fue quien te prestó dinero de su bolsa, por voluntad propia, ¿quién soy yo para reclamarlo?

—Porque sin ese dinero se retrasaron sus planes de boda. ¡Siempre lo supe! Hasta tuvo que regresar el primer anillo de compromiso que te iba a dar, ¡yo vi los recibos! Por culpa mía no pudieron casarse desde antes como lo tenían previsto. No me digas que eso no te molestó. Querías que yo consiguiera el dinero para reponerlo, ¡ambos lo querían! Por eso me conseguiste trabajo.

Eloísa se levanta de su silla y se queda de pie frente a Javier. Respira lento recordando que no debe estresarse de más. Vuelve a sentarse con los codos sobre la mesa.

—¿Quieres la verdad, Javier?

—¿Qué verdad?

—¿La quieres sí o no?

—¿De qué verdad hablas?

—Aquí te va… —Eloísa pone las manos sobre la mesa y entrelaza sus dedos—. El dinero que usaste para pagar la deuda de tus estúpidas apuestas no era de Arturo…, era mío.

—¡Ja! ¡Claro!

—Ese día, Arturo llegó a mi casa para contarme el problema en el que te habías metido, ¿sabes cuál era su plan inicial? Dejarte en manos de la justicia divina. Que te arreglaras por tu cuenta con las personas que estafaste, aunque el resultado fuera que te cayeran demandas por apuestas ilegales. ¿Y qué hice yo? Lo tranquilicé y convencí de ir al banco y sacar de mis ahorros para cubrir una parte de la deuda. Pero no soy millonaria, necesitábamos más dinero para alcanzar el monto —Eloísa agarra su vaso con agua, su mano tiembla cuando se lleva el cristal a los labios. Bebe y continúa—. Javier… Arturo no devolvió un anillo de compromiso para mí; yo empeñé un anillo que le perteneció a mi abuela paterna cuando aún vivía, lo hicimos para poder conseguir la otra parte del dinero. Gracias a Dios pudimos recuperarlo y está de nuevo en mi casa, donde pertenece —Eloísa se truena los dedos de las manos sobre la mesa y acaricia su propio anillo—. ¡Ah! Y aunque no lo creas, Arturo se rehusaba a que yo te ofreciera empleo en Grupo Arámbula.

—Eso sí que no es verdad. Arturo seguro te convenció.

—No te miento, Javier. Arturo no quería que pusieras en riesgo mi trabajo como pusiste en riesgo el suyo… Luego de las apuestas en el Club, Arturo no tuvo otra opción más que renunciar y buscar otro trabajo. El señor Méndez no quería que ligaran el nombre de Arturo con el tuyo. Nadie de los miembros del Club podía enterarse que el estafador de las apuestas ilegales era hermano de un empleado, la imagen del Club se vería afectada con el escándalo. Así que Arturo me dijo que no valía la pena darte oportunidades que ibas a desaprovechar. Fui yo quien convenció a Arturo para que te hablara sobre mi antiguo puesto, el que había quedado vacante. Y fui yo quien insistió en la oficina para que te contratáramos en el área de seguridad —Eloísa acerca sus manos a Javier y toca sus nudillos—. ¿Y sabes por qué lo hice? Lo hice porque cuando en verdad amas a alguien, haces lo que sea por cuidar a las personas que forman parte de su vida. Y para Arturo, antes que nadie, siempre, ¡siempre! Estabas tú. Su hermano.

—No… Eres una pinche mentirosa. Estas hablando por hablar. Tú siempre…

—¿Yo siempre qué, Javier?

—Tú siempre te has entrometido en nuestra vida —Javier aparta sus manos de Eloísa—. Siempre apareces en donde no te llaman. Eres… Insoportable.

—¡Yo siempre he estado para ti, Javier! Como la vez que Yolanda y tú terminaron. Siempre estuve a tu lado porque no merecías que ella te tratara como si fueras parte de un ganado.

—De eso sí te prohíbo que hables. Mi relación con Yolanda es cosa nuestra y no tienes derecho a opinar de algo que no has vivido.

—¡Ah! ¿Y por eso le mandaste mensajes la noche anterior?

—¿Qué? ¿De qué hablas? —Javier recuerda los mensajes que mandó ebrio recostado en la cama.

—Hablo del mensaje que le mandaste anoche, diciendo que la extrañas y que quisieras estar con ella.

—¡¿Qué?! ¿Te lo dijo ella?

—Sí. Me llamó en la mañana.

—¡Pues no creas nada de lo que te dice! Ella no es una santa.

—Eso no tienes que decírmelo para darme cuenta. Yo sé quién es ella.

—¡Ja! Si yo te contara lo que Yolanda y yo hemos hecho no la verías igual —Javier da un trago a su copa.

—¿Por qué lo dices? ¿Por el trío que hicieron ella, Ana Paula y tú?

A Javier se le atora el líquido en la garganta. Siente que se ahoga. Da golpes a su pecho y tose tratando de recuperar el aliento.

—De... —tose más fuerte. Trata de recuperar la compostura—. ¿De qué hablas?

—Sé todo sobre ese encuentro, Javier. ¿Y qué crees? No me importa. Eso sí no es asunto mío. Yo no soy quién para juzgar a nadie.

—¿Te ha contado todo?

—Somos amigas desde hace años. Mucho antes de conocerlos a ti y a Arturo en la fiesta de Halloween. Tal vez no somos tan unidas como antes, pero sí lo suficiente para confiarnos secretos y sacar arrepentimientos. Yolanda me lo contó para no tener que lidiar contigo por su cuenta. Javier… Es definitivo… Yolanda ya no quiere verte de nuevo. Me lo dijo.

—¡No mames! Eso no le importaba antes a la cabrona. Nos vimos más de una vez cuando Hiram estaba de viaje, incluso cuando Yolanda salía de la oficina. ¡Y sabes qué más! ¡Yo no era el único con quien Yolanda le pintaba los cuernos! ¿Por qué ahora anda muy persignada?

—Javier… —Eloísa acerca de nuevo sus manos hacia él—. Yolanda ya es mamá… Tiene un hijo.

—¿Y? Ve tú a buscar de quién será el chamaco. Tengo hasta tres candidatos. Me incluyo.

—Javier… —Eloísa lo toma de las manos y aprieta sus dedos—. Mírame… —Javier encuentra sus ojos negros—. Yolanda e Hiram están formando una familia. ¿Entiendes por qué tienes que dejarla ir? Ya no es solo por ella e Hiram, hay un niño en medio. Tienes que sacar a Yolanda de tu vida.

Javier se levanta de su silla golpeando la mesa con sus piernas. Su copa de champán se derrama sobre el blanco mantel mientras pasa a un lado de Eloísa. Ella le da su espacio sin impedir que se marche. Algunas miradas de otras mesas siguen a Javier hasta salir de la palapa y terminan acechando a Eloísa. Ella toma sus bolso de la mesa y se apresura a perseguirlo. Lo encuentra caminando hacia la recepción del hotel, lo mira de espaldas mientras él pasa sus manos por encima de su rostro como si se estuviera limpiando sus lágrimas.

—¡Javier! —le grita Eloísa pero él la ignora—. ¡Espérame, por favor!

Las suelas de los mocasines de Javier rechinan en el húmedo piso del vestíbulo, apresurado por marcharse. Sale de la recepción hacia el estacionamiento donde tiene su auto de alquiler, baja por las escaleras de la entrada principal. Antes de cruzar la calle hacia el estacionamiento siente unas delicadas manos sobre sus hombros.

—¡Suéltame! —grita Javier retirando a Eloísa—. ¡¿Qué quieres?!

—Vamos a hablar.

—¡Déjame! —grita Javier en llanto abierto—. Te estoy haciendo un favor. ¡Le estoy haciendo un favor al mundo! ¡Me voy!

—No digas eso.

—¡A nadie le importo! Yolanda me sacó de su vida y nunca supe por qué. Regresó a buscarme y yo le abrí mi corazón y mi ser, pensé que podía recuperarla en alguno de nuestros encuentros. En verdad lo pensé, pero quedé como un estúpido en su juego. Y… ¡Arturo ya no está! Se fue. Y con él te irás tú. Ya no existe esa persona que te une a mí. Y yo sé, Eloísa… Sé que siempre has estado a mi lado. Lo sé. Lo sé. Lo sé.

—Javier, ven. Vamos a entrar y sentarnos en un sillón.

—No… Escúchame aquí y ahora… —la toma de los hombros—. La razón por la que vine hoy aquí era para pedirte perdón. Te juro por lo que más quieras que mis disculpas en el restaurante fueron sinceras. Ver la maleta con las cosas de Arturo en tu habitación me quitó la venda de los ojos. Supe que también lo extrañabas, que quisieras que estuviera aquí contigo en este viaje que planearon juntos hace mucho. ¡Por Dios! Empacaste sus cosas como si él estuviera acompañándote en este viaje. ¡Perdón, *Loís*!

—Tranquilo. No hay nada que perdonar.

—¡Sí lo hay! ¡Perdóname!—Javier solloza cubriendo su rosto con ambas manos. Eloísa se acerca a abrazarlo mientras Javier hunde su cabeza en el hombro desnudo de ella—. Perdóname por haber sido una carga tantos años. Por no saber cuidar de mi mismo. Por… por culparte de su muerte.

—Ha sido difícil para todos.

—Pero… —Javier se endereza para mirarla con los ojos lagrimosos—. Tú lo has perdido a él. Yo… Yo no he superado a Yolanda y me duele dejarla ir, se que debo hacerlo aunque por dentro se me carcoma el alma. También crecí sin conocer a mi madre, viví la mayor parte de mi infancia convencido que no la necesitaba y que no me dolía; pero luego llegaron Silvia y Arturo, ellos me hicieron darme cuenta lo solitaria que fue mi niñez. Crecimos…, y Arturo se convirtió en todo para mí; era la persona que me aconsejaba y limpiaba el desastre de mis problemas. Ahora ya no esta. Y creo… No… ¡Yo sé!... Yo sé que vine a buscarte a este viaje porque no quiero perderte a ti también. Sé que siempre has estado a mi lado cuando las cosas salen mal. Hace solo días me defendiste para no perder mi trabajo en Grupo Arámbula. Y por eso quiero seguir estando mal, para necesitarte siempre. Porque, nos guste o no, tú eres lo único que me queda de mi hermano. Él vive en ti, Eloísa. Por eso no quiero dejarte ir. No quiero perderte.

Eloísa se queda mirando a Javier sin decir nada.

—Una cosa más —dice Javier. Del bolsillo de su pantalón saca su celular—. Tómalo, por favor —Javier estira la mano hacia enfrente con el celular entre sus dedos—. Quiero que tú tengas mi celular. No quiero más tentaciones. No quiero sentir la necesidad de llamarte a ti, tampoco a Yolanda, ¡a nadie! Terminaré este viaje por mi cuenta y te dejaré hacer lo mismo. Espero que cuando estemos de vuelta en Monterrey mi cabeza esté en un mejor lugar… Pero ya. ¡Tómalo!

Eloísa agarra el celular y lo mete a su bolsa.

—Adiós, *Loís*.

—Javier…

Él camina a encerrarse con su tristeza en el auto. Lo enciende y conduce hacia la noche.

Se va dispuesto a no volver a verla.

DOCE

Javier hojeaba los folletos sobre el escritorio de Eloísa mientras escaneaba con la mirada la información en cada uno. Bali, Roma, Atenas, eran algunos de los nombres que aparecían impresos sobre los papeles en letras gigantes y en mayúsculas encima de fotografías con los lugares más emblemáticos de los sitios. Un folleto desplegaba un mapa con una ruta por el mar Mediterráneo, invitando al lector a subir a bordo de un elegante crucero. Por los detalles en la información y las fotografías, Javier se hacía una idea sobre qué tanto presupuesto tenían contemplado Arturo y Eloísa para su luna de miel, luego de anunciar el reciente compromiso entre ambos.

A casi un año de entrar a trabajar en Grupo Arámbula, en el antiguo puesto de Eloísa, Javier había terminado de pagar la deuda de sus apuestas ilegales, una cantidad que creía concluyó de deberle a su hermano. Javier contemplaba que la pareja iría resguardando ese dinero para pagar su luna de miel y cubrir los gastos que vendrían después de casados. Y es que el plan de viajar por el otro lado del mundo no fue una idea que surgió propia de ellos, sino que salió de las oportunidades que se presentaron ante ambos.

Por ser una de las empresas cerveceras más grandes de México, Grupo Arámbula fue comprada hace más de una década por la empresa Menken, el gigante y líder del mercado cervecero en Europa. Formar parte de la transnacional brindó a Grupo Arámbula la oportunidad de distribuir sus marcas personales y competir con la inmensa oferta de bebidas que hay en el mercado europeo, convirtiendo a su cerveza Trono como una de las favoritas de los consumidores de cerveza lager a nivel internacional. Tal expansión abrió posibilidades para que directivos y empleados de la compañía ampliaran sus oportunidades de crecimiento laboral, dando como resultado la creación de programas de transferencia e intercambio de talentos al mercado extranjero. Como era el caso del Programa Global de Seguridad, creado por The Menken Company. Un programa que cuida y gestiona que todas las plantas de producción a nivel internacional cuenten con las medidas internas básicas de seguridad en la producción y distribución de productos; y que de manera regional se cumplan con las normativas de cada país según la ubicación y sus leyes. Esto ponía la puertas abiertas a Eloísa, la Coordinadora de Seguridad e Higiene de la planta de producción de Grupo Arámbula en Monterrey, que había sido aceptada en el Programa Global de Seguridad para realizar un cambio de residencia temporal a la ciudad de Manchester, Inglaterra; en donde la transnacional abriría una nueva y moderna nave, aledaña a su actual planta de producción para ampliar la oferta de productos. Eloísa sería la responsable de coordinar y capacitar a todo el nuevo personal de la planta de producción; daría a conocer las normas internas de la empresa en temas de seguridad e higiene en los procesos de fabricación y distribución, tanto en el manejo de la maquinaria industrial, las normas de señalización y procedimientos seguros de mantenimiento. Actividades y tareas que Eloísa llevaba efectuando por más de cinco años en la planta de Grupo Arámbula en Monterrey.

Arturo por su parte, después de haber dedicado su profesión por más de ocho años a la hostelería, decidió que era tiempo de darse un respiro, y al mismo tiempo apoyar a Eloísa en su siguiente paso en su carrera profesional. Con ayuda de sus ahorros y una resolución positiva a la solicitud de beca por méritos laborales, Arturo se matriculó en la Manchester Business University para cursar la Maestría de Administración en Turismo Internacional, un programa con duración de nueve meses en el que solo faltaba esperar la llegada de su visado de estudios.

A pesar de que muchos cambios venían para la pareja en los próximos meses, el futuro para Javier parecía ser un reflejo de su presente. Al estar Eloísa ausente por al menos un año, Rubén —ese callado y menudo compañero de cubículo— se quedaría a cargo en el puesto de Coordinador de Seguridad e Higiene de la planta; eso dejaría a Javier en su mismo puesto, encargado de la capacitación del personal de la planta y de la programación de cursos de actualización. Arturo, al salir de casa de sus padres para irse a vivir al extranjero, dejaría a Javier como el único inquilino treintañero en la propiedad, siendo Silvia y su padre sus compañeros de residencia. La boda entre Arturo y Eloísa también era una constante preocupación en la agenda de Javier, aunque no lo mostrara en las cenas familiares cuando la pareja compartía los avances de los preparativos; sin pareja desde hace más de seis años y sobreviviendo de los encuentros extramaritales con Yolanda, Javier no se imaginaba quién lo acompañaría a la celebración, incluso llegó a convencerse de que era estúpido preocuparse por la subordinada idea de tener que invitar a alguien a un evento social, pero ver los folletos con los destinos para la luna de miel de Eloísa le regresaron su ansiedad. Agarró todos los papeles entre sus dedos para acomodarlos lo más estético posible sobre el escritorio, a un lado de la placa dorada de aluminio con el nombre completo de Eloísa grabado, la misma que Arturo le regaló el día de su graduación. Escuchó la puerta abrirse detrás de él y miró a su jefa entrar. Sostenía un folder amarillo entre los dedos. Ella pasó a su lado y se sentó frente a él.

—Estuviste moviendo mis cosas otra vez —dijo Eloísa tocando los folletos.

—No… ¿Por qué lo dices?

—Yo acomodo todo por tamaño y colores. Y esto —agarra los folletos—, no es producto de mi organización —dijo riendo y colocándolos de nuevo sobre el escritorio.

—¡Va! Me descubriste —Javier se acercó a mirar los

papeles de cerca—. ¿Necesitan ayuda con los preparativos? Se ve que tienen problemas para elegir a dónde irse de luna de miel. ¿Por qué no escogen un lugar al azar y ya?

—Es la primera vez que vamos a vivir en otro país que no sea México. Entonces… Arturo quiere que hagamos un viaje largo por otros países antes de llegar a Manchester. O sea, antes de encerrarnos en el trabajo y los estudios. Arturo quiere hacer una ruta similar a: Comer, Rezar y Amar.

—¿Parecido a qué?

—¡Ay! No te hagas el macho, ¡sabes de qué hablo! En tu cuenta de Netflix aparece la película en la sección de "verlo nuevamente".

—¿Cómo te metiste a mi cuenta?

—Arturo, tú y yo compartimos la misma cuenta. Me metí a tu perfil por accidente.

—Pues voy a convencer a Arturo que cambie la contraseña, o que te cobre lo de la suscripción.

—Sabes que soy yo la que está pagando el servicio de *streaming*, ¿verdad?

—Ah… En ese caso mejor me callo —dijo Javier riendo. Tomó el primer folleto que alcanzaron sus dedos y lo alzó frente a Eloísa—. ¿Tú a dónde tienes ganas de ir? ¿Qué es lo que quieres conocer? —desplegó el papel y miraron una foto del Coliseo en Roma.

—El plan de Arturo me parece una magnífica idea para conocer otros lugares. Aunque… Siendo muy sincera… Me gustaría hacer un viaje mucho más sencillo, sin necesidad de gastar ni movernos tanto. Quedarnos tranquilos y disfrutar. Todo en un mismo lugar.

—¿Cómo qué?

—No sé. Estoy pensando en algunas ideas como Nueva York, Las Vegas, ¡o incluso aquí en México! Vaya, que no tengamos que estar preocupados por llegar a tiempo a los aeropuertos para ir al siguiente destino; y un viaje aquí sería excelente para despedirnos de México. Quiero tener paz antes de comenzar a trabajar en la planta de producción de

Manchester. Siento que será un cambio radical para mí. ¡Para los dos!

—Oye… Y… ¿Estás nerviosa?

—La verdad sí, un poco sí. Nunca he estado por más de dos semanas en otro país. Y he trabajado en esta empresa prácticamente desde que me gradué. Yo sé que es la misma empresa quien me envía a trabajar al extranjero, pero no voy a estar con la misma gente, y no va a ser la misma cultura. Voy a tener que adaptarme a todo, ¡incluso al clima! Leí que los inviernos en Manchester son largos y extremadamente fríos.

—Te conozco muy bien y sé que en una semana vas a sentirte como en casa. Cuando un plan se te mete en la cabeza no hay quien te lo saque. Mejor cuéntame, ¿ya saben en dónde van vivir allá?

—¡Para nada! Vamos un paso a la vez. Primero las visas de trabajo y de estudios, luego la boda, después la luna de miel y finalmente veremos dónde viviremos por casi un año. Pero bueno, eso lo discutiré después con Arturo. Ahora quiero que nos concentremos en el hoy.

Eloísa puso el folder de color amarillo que llevaba consigo sobre el escritorio y lo abrió ante Javier, tapando el resto de los folletos con los destinos turísticos. Javier miró un documento parecido a un contrato de trabajo.

—¿Y esto qué es? —preguntó Javier.

—Esto… —Eloísa tomó el papel entre sus dedos—. Es la razón por la que te mandé llamar —y lo colocó sobre la mesa frente a Javier—. Estás a punto de cumplir un año trabajando en la empresa, y debo decir que, a pesar de que eres un dolor de cabeza dentro y fuera de la oficina, te has acoplado muy bien al puesto y sobre todo al equipo. Los objetivos que nos planteamos desde principio de año se han cumplido al pie de la letra y no hemos tenido mucha rotación de empleados en el área de operación y transporte, eso es una satisfacción.

—Entonces…, ¿me darás un bono extra por mi

desempeño?

—Esos ni a mí me los dan, y vaya que llevo pidiéndolos desde hace años —sonrió Eloísa—. Aunque, lo que sí te voy a dar son tus vacaciones. Después de un año puedes pedir hasta diez días laborales para que te salgas de esta madriguera. Las personas de Recursos Humanos te harán llegar la notificación en unos días, ellos te dirán los detalles y te explicarán mejor cómo funciona el tema de vacaciones. Pero… Quería adelantarme porque siento que me corresponde a mí decirte que, a pesar de que me arriesgué hasta el cuello para que entraras a trabajar aquí por el casi vínculo familiar que tenemos, tu trabajo ha sido muy favorable para la compañía. Y sobre todo para mí.

—Bueno, hay que agradecer a Arturo por insistirme que viniera a la primera entrevista.

—Más que la entrevista y lo que vino después, yo sabía que dentro de ti había y sigue estando un hombre muy talentoso, educado y profesional. Y lo has demostrado a toda persona que te rodea.

—¡Cálmate! No me gustan los halagos. ¡Al punto! ¿Qué quieres decirme? ¿Por qué me mandaste llamar?

—¡Pues para esto! Decirte que tus vacaciones se acercan, que has hecho un buen trabajo. ¡Ah! Y que también me encantaría que comenzaras a ahorrar de vez en cuando. Ya no gastes más de la mitad de tu quincena en compras innecesarias. Ya saliste de tu peor deuda en la vida, no te endeudes más.

—Entonces… Me llamaste para decirme que ya tengo vacaciones, que no me endeude de más. ¿Y… alguna otra cosa?

—Y que confío seguirás así.

—¿Así cómo?

—Siendo cada día mejor persona... La vida puede ser un poco dura Javier, pero yo sé que irás poco a poco encontrando tu propio camino. Sigue adquiriendo mucha experiencia laboral, busca nuevas oportunidades, ¡crece! Y sobre todo, aprende siempre de los errores, aunque duelan.

—¿Esto es terapia? ¿Desde cuando empezamos con las sesiones?

—¡Javier! —Eloísa alzó un poco el tono—. Te digo esto porque… Porque cuando yo me vaya a vivir al extranjero, te quedarás tú solo aquí en la empresa. Ya no seré tu jefa y tendrás que rendirle cuentas a alguien más. Arturo tampoco estará cerca para apoyarte en nada. Quiero hacerte ver que tienes todo para realizar un excelente trabajo en mi ausencia. Solo necesitas créelo, ¡creer en ti!

—Yo sí creo en mí. Como tú dices: ya lo he demostrado, ¿no es así?

—Bien, pues entonces no me hace falta decirte más —dijo Eloísa levantándose de su silla—. Eso sería todo.

Javier se levantó igual, sin decir nada más. Y antes de salir por la puerta de la oficina regresó su mirada hacia Eloísa.

—*Lois* —la miró a los ojos—. ¿Te preocupa dejarme solo? ¿Les preocupa a ti y a Arturo irse y dejarme aquí en Monterrey?

Eloísa se volvió a sentar en su silla antes de contestar.

—Yo me siento como si fuera madre, siempre me voy a preocupar por las personas que quiero, eso es inevitable. Eres mi familia, Javier. Siempre voy a estar preocupada y al pendiente de ti, aunque esté de otro lado del mundo.

—Pues te diré como le digo a Silvia, no te preocupes tanto que se te va a arrugar la cara más rápido —dijo Javier en tono de broma para después salir de la oficina.

Eloísa cerró el folder amarillo y lo metió en uno de los cajones de su escritorio. Miró después los folletos informativos sobre su escritorio con los destinos turísticos de lujo esperando ser elegidos. Los agarró todos entre sus delicados dedos para después dejarlos caer en el cesto de basura a su lado. Y justo ahí llegó el primer dolor de cabeza con nauseas presentes. Ladeó su cuerpo hacia el cesto expulsando la plasta que salía de su boca.

*

Frente al asador en el patio trasero de su casa, la cara de Javier se calentaba por el calor de las brasas. A su lado se encontraba Darío sosteniendo una cerveza Trono, las mismas que Grupo Arámbula regalaba a sus empleados de vez en cuando según los movimientos de logística e inventario en almacenes. Ambos llevaban puesta ligeras chamarras que les cubrían los brazos y el torso, la tela se extendía por encima de sus jeans hasta pasarles por encima de las rodillas. El carbón bajo la parrilla se consumía, mientras que el humo se elevaba dentro la chimenea de ladrillos hasta salir por la pequeña abertura en el techo hacia el frío invierno. Ni la tarde nublada, ni el vaho que salía de boca de ambos en cada exhalación, les impidió continuar con su tradicional carne asada de los domingos. Pegada a un extremo de la parrilla se extendía una barra de concreto en donde las bolsas del supermercado con tortillas, verduras y cortes de carne esperaban su turno para ser expuestas ante el fuego. Javier se acercó a la hielera bajo los pies de Darío y tomó otra cerveza, con sus dedos quitó los pedacitos de hielo sobre la boca de la lata, la abrió y dio un trago.

—¿Sabes a qué hora va a llegar Arturo? —preguntó Darío—. Es domingo, ¿trabaja hasta muy tarde también hoy?

—En el hotel donde trabaja le toca turno doble en la recepción cada domingo. Pero ya no debe tardar.

—¿Entonces qué? ¿Empezamos a meter la carne al asador sin él?

—¡No! —les gritó Arturo abriendo la puerta corrediza de la casa a sus espaldas—. Dejen la cocinada al experto.

Arturo se acercó a saludar a Darío con un abrazo y extendió su mano hacia Javier. Llevaba puesto un elegante saco azul marino de tela sobre un chaleco de vestir negro, elegantes pantalones cafés y zapatos formales.

—¡No mames! Pareces sobrecargo de vuelo vestido así —se burló Darío.

—Es el uniforme del hotel. La verdad es mejor que el anterior, le da más categoría. Pero es temporal —Arturo se agachó hacia la hielera y agarró una cerveza—. El gerente del hotel ya está enterado de mis planes para hacer la maestría en el extranjero. Si todo sale como Eloísa y yo lo estamos planeando, estaremos en Manchester a mitad del siguiente año, ya que pase la boda y la luna de miel.

—Oye, sí. ¿Cómo van con los preparativos? —preguntó Darío—. ¿Ya tienen separado lugar para la boda?

—Pues déjame decirte que sí. Ya tenemos lugar.

—¿Qué? —preguntó Javier—. ¿Por qué no me habías dicho nada, cabrón?

—Estaba en espera a que me diera luz verde el gerente. No sé si Darío sabe, pero en el hotel donde trabajo está el salón La Ventana M. Pregunté si hacen algún descuento especial a empleados del hotel para rentar el lugar por algunas horas. ¡Y resulta que sí! Y justo por eso llegué tarde, me quedé a firmar el contrato y dejé el primer pago. ¡Ya tenemos salón!

—¡Felicidades, cabrón! —se acercó Darío a abrazar a Arturo—. Ya estás otro paso más cerca de las fila del matrimonio. ¡Y tenemos que organizar tu despedida de soltero!

—No, no, no, no. Gracias en verdad. Pero no voy a gastar más dinero del ya previsto. Una parte de lo que ahorremos se va a los preparativos de la boda, y la otra a nuestro presupuesto para poder vivir bien en Inglaterra.

—¿Y tu luna de miel? —preguntó Javier—. ¿Tienes presupuesto para eso?

—¡Ese es otro tema! —dijo Arturo—. ¡No me acordaba! Con mayor razón no habrá despedida de soltero, lo lamento señores.

—¡Chingada madre! ¿Y a dónde tienen pensado irse? —preguntó Darío—. Si les sirve de algo, una chava con la que estaba saliendo trabaja en una agencia de viajes, si quieres te puedo pasar el contacto.

—Gracias. Pero el problema de decidir lugar no es por el contacto o por el presupuesto.

—¿Entonces? —cuestionó Javier—. ¿Qué te está frenando a elegir?

—Es que nunca he viajado con *Lois* fuera de México, y la neta sí me gustaría que viajáramos un poco por Europa, aprovechando que andemos por allá.

—Y… ¿ella qué te dice? ¿Está de acuerdo con la idea? —preguntó Javier.

—Pues… No me ha dicho que no.

Javier dejó su cerveza en la barra junto a las bolsas del supermercado y tomó a Arturo del hombro.

—Deja te ilumino el camino. Yo sé exactamente lo que Eloísa quiere.

—Ah…, ¿si?

—Claro. Yo lo sé todo hermano. Me extraña araña que no lo sepas.

—Ya no la hagas de emoción y dile —dijo Darío.

—¡Va! Lo que Eloísa quiere es hacer un viaje para despedirse de México y relajarse antes de pisar otras tierras. Que ustedes dos no se preocupen por andar correteando aviones.

—¿Así te lo dijo? —preguntó Arturo

—No con esas palabras, pero así me dio a entender. Por eso yo te recomiendo que mejor hagan un tour por algún Pueblo Mágico o en alguna playa de México. Disfruten unos días relajados, tirados en la arena a un lado del mar, ¡sin hacer absolutamente nada!

—¿Tú crees? ¿No se ve como un plan muy tacaño? No quiero que piense que no quiero sacarla. O que no nos alcanza para viajar.

—¡Por su puesto que no! Hay infinidad de turistas de Europa, Canadá, y Asia que viajan a nuestras playas para casarse, tener su luna de miel o como viaje de ocio. Y nosotros que las tenemos cerca no las disfrutamos. Tú no quieres gastar tanto, Eloísa no quiere hacer un viaje tan pesado. ¿Por qué le siguen dando más vueltas?

—Bueno… Sí, tienes un punto —dijo Arturo—. De ser así, ¿qué lugares recomiendas?

La puerta corrediza se volvió a abrir antes de que Javier diera su recomendación. Silvia y su esposo salieron al patio a encontrarse junto con los tres jóvenes.

—Hola, Ma'. ¿Dónde andaban? —preguntó Arturo.

—Hola, amor. Estábamos en casa de tu tía Tere recogiendo unos quesos que nos trajo del rancho de su comadre Enriqueta. ¿Quieren probarlos? —dijo Silvia alzando una bolsa negra de plástico.

—¡Échemelos, tía! —le dijo Darío agarrando la bolsa—. Con esto ahorita cocino unas buenas quesadillas en el asador.

Mientras Darío sacaba los quesos de la bolsa, Arturo se apresuró a montar una mesa de plástico con cinco sillas plegables en medio del patio. Darío se acercó al asador y comenzó a desempacar la carne para después sazonarla y asarla. Silvia se sentó junto con su esposo y Javier.

—¿Y bien? ¿Qué nos cuentan de la boda? —preguntó Silvia.

La boca de Javier no pidió la palabra. Soltó la noticia de que el salón para la boda había quedado separado, y compartió el plan de visitar una playa de México para la luna de miel de Eloísa y Arturo.

—Pues no es mala idea —dijo Darío—. Aquí en México cualquier playa a la que vayas en verano es perfecta.

—¡Aaaaay, pero invítenos! —chilló Silvia—. Con lo que me encanta asolearme.

—¡Silvia! —la detuvo su esposo—. No seas la suegra metiche. Aparte… ya sabes que yo le guardo mucho respeto al mar. No me gusta estar cerca.

—¿Por qué, tío? —preguntó Darío—. ¡Si el mar es perfecto en verano! Es más, yo creo que le haría bien asolearte un poco. Ta' muy pálido.

—Shhh… —se apresuró a callarlo Arturo—. Luego te

cuento en privado.

—Chinga, ¿por qué? —le reclamó Darío.

—No, hijo. No te apures —dijo Javier padre a Arturo, y luego se dirigió a Darío—. No es un secreto y no me cuesta hablarlo. Hace mucho tiempo, ya más de veinticinco años incluso, mi exesposa se ahogó en el mar, la madre biológica de Javier... Perla se llamaba. Ya es algo que he superado con el tiempo. Pero siempre que alguien habla de ir a la playa me llega el recuerdo y pues la paso un poco mal.

—Mi amor pero si ya hemos ido a la playa juntos —dijo Silvia—. Esta sería otra oportunidad para que hagas nuevos y mejores recuerdos al lado del mar con Arturo.

—¡No, espérense! —gritó Javier—. Es la luna de miel de Arturo y Eloísa. ¡No vamos a ir! Nos veríamos nefastos interrumpiéndoles la privacidad.

—A mí no me molestaría para nada —dijo Arturo—, y les aseguro que a Eloísa tampoco. Ella y yo vamos a estar una semana entera con mis suegros en su cabaña de Arteaga, es la excusa para estar con ellos antes de irnos Eloísa y yo a Manchester, ¿por qué no organizamos también nosotros un viaje antes de que ambos nos mudemos a Europa?

—¡Ay! Me parece una excelente idea —se adelantó Silvia—. Puedo hasta invitar a tu tía Tere también. Ya ven que le encanta el mar.

—Vieja, tampoco abusemos de la confianza —dijo su esposo—. Arturo... ¿No será mejor que lo consultes con Eloísa antes de que emocionemos más a esta señora —y apuntó con la mirada a Silvia.

—Bueno, si ya estamos en esas, ¿por qué no le hacemos una sorpresa a Eloísa? —propuso Javier.

—¿Cómo? —le preguntó Arturo.

—Mira, está claro que Eloísa quiere irse de luna de miel a cualquier parte de México. Por qué no separan ustedes algún hotel que les guste y se acomode a su presupuesto, y nosotros por nuestra cuenta separamos un hotel cerca de la zona en donde se estén quedando. Cuando Eloísa menos se lo espere, ¡le llegamos de sorpresa! Así no tendremos que estar en el mismo hotel todos juntos todo el tiempo. Les daremos privacidad.

—Si hacemos eso te aseguro que Eloísa va a querer estar con ustedes toda la luna de miel —dijo Arturo—. Y sabes qué, ¡por mí no hay problema! ¿Qué dicen los demás?

—Yo ya estoy a bordo del avión —contestó Darío.

—¡Nosotros también! —dijo Silvia tomando de la mano a su esposo, luego se dirigió hacia él—. Será un viaje muy bonito, amor. Vamos a celebrar que nuestra familia está creciendo —y acercó su mano para besar sus dedos.

—Pues... yo también estoy dentro —dijo el padre de Javier.

—*OK*, entonces somos cuatro —dijo Javier.

—¡Cinco! —gritó Silvia—. Acuérdate de tu tía Tere. A ella no necesitamos preguntarle para que se una al plan.

—Muy bien. Entonces cinco —confirmó Javier—. Papá, Silvia, Darío, Tere y un servidor. Yo me encargo de hacer nuestra reservación. ¿Tienes las fechas aproximadas de cuándo sería el viaje, Arturo?

—Pues, muy probable es que sea durante las primeras semanas de agosto. Por si quieren ir viendo hoteles e ir separando. La duda es, ¿a dónde?

Javier compartió el lugar que tenía en mente desde que habló con Eloísa en su oficina.

—¿Tulum?... Me gusta —dijo Arturo.

El sonido de la carne chillando en el asador fue constante durante la siguiente hora. Darío puso además en la parrilla algunas tortillas con queso que se fue derritiendo sobre ellas; algunas cebollas trajeron ese delicioso olor a asado de las barbacoas; las primeras en salir de la cocinada fueron las salchichas que quedaron en su punto exacto. Los cinco se sentaron en la mesa cuando Darío acercó la bandeja con los trozos de carne y quesadillas. Entre la comida continuaron conversando acerca de los hoteles y otros lugares que podrían visitar en Tulum.

—Oye, Darío —habló Javier—. ¿Y cómo se llama la agencia donde trabaja la chava con la que salías? A lo mejor puedo hacerle una llamada para que nos recomiende y separe algún lugar.

—Sí, mira…, aquí debo tener guardado su número —dijo Darío sacando su celular. Buscó entre sus contactos hasta que lo encontró—. ¡Aquí está! La agencia se llama Aprecia Viajes. Te paso la información por mensaje.

El carbón en el asador se fue consumiendo acompañando la plática entre todos. Silvia se apresuró a recoger los platos sucios para meterlos en la cocina para después sacar una botella de tequila de una de las estanterías, junto con cinco vasitos. Entre la música que se reproducía en la bocina sobre la mesa se escuchó el tono de una llamada entrante en el celular de Arturo. Él se levantó a contestar, Javier miró a su hermano dando pasos de un lado a otro en lo largo del patio. Su cara de preocupación delató que algo sucedía al otro lado de la línea. Luego Arturo regresó a la mesa.

—Oigan… —los llamó Arturo—, tengo que ir a ver a Eloísa.

—¿A su casa? —preguntó Javier—. ¿Por qué no viene aquí? Invítala.

—No. No está en su casa. Me dice que…, está en el hospital.

¡Tus actividades confirmadas!

APRECIA VIAJES <discover@apreciaviajes.com>

2 agosto 2022, 22:05

¡Hola, Sr. Javier!

Agradecemos su preferencia y confianza para disfrutar al máximo su estancia en Tulum

¡Estás son tus actividades confirmadas!

<u>YATE</u>

¡Tienes tus lugares reservados! Ponte tu equipo de snorkel y sumérgete en las aguas del Caribe.

Lugares reservados: 2

Fecha: 3 de agosto, 2022

Horario: 11:00 horas. Debes llegar con una hora de anticipación para abordar

Viaje Operado por: Riviera Experiences

❀

Agrega más actividades a tu viaje en el siguiente <u>enlace</u>

Los precios y promociones especiales aplican únicamente al separar con Aprecia Viajes

TRECE

Javier envidia y quiere ser como el mar que ve desde la ventana, perdido nunca por jamás seguir caminos porque para el mar no existe un principio o un final. Ni el territorio más inmenso lo intimida, sabe que lo extinguirá con el eterno pasar del tiempo. Nadie está por encima de él aunque así nos lo haga creer. Para el mar todos somos invitados que algún día tendrán que marcharse de su existir pero él nunca estará solo; nosotros nos iremos, otros llegarán, ellos se irán y vendrán más, por eso el mar no guarda relación con nadie. Pensamos que es parte de nosotros, que vive para hacernos sentir algo, pues se la ha vivido escuchando nuestras historias, se ha bebido nuestras saladas lágrimas y nos ha abrazado pretendiendo darnos consuelo. Somos patéticos para él. Los más inocentes son aquellos surfistas que creen dominarlo y entenderlo, él los deja jugar con la punta de su pelo y goza sabiendo que no son eternos, nadie más que él lo es. Se aburre tanto de nosotros que por eso disfruta del dolor ajeno, ¿qué otra explicación para tantas vidas que se ha llevado? Desde el más inmenso navío que lo ha cruzado hasta el avión más alto que lo ha evitado le siguen temiendo, la certeza de sobrevivir en ellos no existe, en nadie debería existir. Traicionero, así lo han llamado quienes en verdad lo conocen. El mar vive para él, y por eso de vez en cuando nos lo recuerda. El mar te observa de cerca, te conoce, y cuando está listo se acerca a ti, te atrae con su belleza, te invita a ser parte de su inmensidad, y después lo eres. Ya no respiras. Eres de él. En su fondo una perla.
En su fondo una perla.
Su fondo una perla.
Fondo una perla.
Una perla.
Perla.

Nubes negras sueltan el diluvio sobre el océano amenazando invadir la playa. Javier las observa desde el balcón de su habitación mientras se bebe un café. Las palmeras a su alrededor se menean alborotadas en la gris atmósfera. Él lleva puesta la misma guayabera azul del día anterior en la cena con Eloísa; con unos pantalones largos color blanco y unas sandalias cafés; sus rizos negros aún están húmedos por el baño caliente después de despertar; y casi todo su cuerpo destila fragancias. Al sorbo de la última gota de cafeína estará listo para marcharse. La maleta con todas sus pertenencias aguarda a un lado de la puerta del búngalo. Dentro de la habitación, deja la taza sobre una mesita a un lado de la cafetera con cápsulas de café instantáneo. Cierra la ventana corrediza del balcón y vuelve a mirar hacia el mar a través del cristal, ahora las nubes negras se ven más lejanas, el cielo azul se va asomando entre sus tonos grises, hasta que el sol vuelve a tocarle la cara. Se acerca a la puerta, agarra su maleta por la manija y la arrastra por el suelo arenoso al salir del búngalo. Sigue el camino de madera en forma de muelle rumbo al vestíbulo del hotel, escuchando el *"good morning"* de cada extranjero que pasa a su lado junto con el traqueteo de las ruedas de su maleta, que van pegando con los bordes de cada tabla. La valija se desliza en silencio al tocar el fino piso del vestíbulo. Javier se detiene, busca su celular entre los bolsillos de su pantalón para después recordar que se lo entregó a Eloísa la noche anterior. Divisa a lo lejos un reloj por encima de la mesa de recepción que cree marca las 9:15 horas, se acerca para confirmar que a su edad la vista aún no le falla. Un hombre recepcionista de mediana edad lo saluda, Javier le pide su ayuda para revisar vuelos de regreso a Monterrey, le proporciona sus datos personales y mira teclear al hombre frente a la computadora, desea que le encuentre una opción económica. Javier aguarda con los codos apoyados sobre la barra frente a él y con la vista hacia la entrada del hotel. Ve a personas entrando con sus maletas a rastras y bolsos bajo el brazo, los empleados del hotel los reciben dándoles bebidas en mano y toallas húmedas, algunos otros huéspedes se acomodan en los sillones del elegante vestíbulo. Javier escucha al hombre de la recepción hablarle y regresa su atención a él.

—Bien señor, encontré un vuelo desde el aeropuerto de Cancún a Monterrey a las 14:15 horas. Podemos separar el vuelo y agregarle el servicio de transporte. ¿Le interesaría?

—El vuelo está perfecto, del transporte no hace falta. Tengo cómo moverme.

—Entiendo. Veo que tiene separada su estancia con nosotros hasta el día viernes cinco de agosto. ¿Está seguro que desea hacer el *check out* antes de tiempo?

Javier saca del bolsillo de su pantalón la cartera para luego entregar al hombre su tarjeta de crédito.

—Cobre de aquí lo del vuelo —le dice arrastrando la tarjeta sobre la barra. El hombre toma el plástico entre sus dedos.

—Enterado. Antes de continuar, es mi deber decirle que sus días de reserva pendientes se perderán, en caso de solicitar un reembolso deberá efectuarlo con la agencia de viajes con quien realizó la separación del servicio. ¿Gusta proceder?

Javier no responde. Lleva un par de días en Tulum y ya no quiere volver a pisar aquellas tierras que han mal jugado con su mente, trayendo al presente sus peores vivencias del pasado y pensamientos triviales sobre el mar. Voltea hacia la maleta a su lado. Decide que es hora de partir.

—¿Y tú? ¿Qué haces? —Javier reconoce la voz a sus espaldas—. ¿A dónde vas tan arreglado? —le pregunta Eloísa.

La mira. Ella lleva puesto un largo vestido color mostaza que deja al descubierto sus sandalias blancas, tiene sobre la cabeza un sobrero de playa color café que la cubrirá del sol hasta por los hombros, de su mano cuelga una bolsa de mimbre con agarradera de tela en color blanco. Eloísa se acerca con el recepcionista y pone su bolsa sobre la barra.

—¿Qué haces aquí? —le pregunta Javier—. ¿Cómo me encontraste?

Eloísa mete ambas manos dentro de su bolsa y saca el celular de Javier.

—No hay que ser un genio para saber que tu contraseña es el mes y día de tu cumpleaños, justo en ese orden. Deberías cambiarlo de vez en cuando. Estoy segura que también esa es tu clave para sacar dinero del cajero automático.

—¿Te metiste a ver todo lo que tengo en el celular?

—No. Todo no. Solo tu e-mail. Quería ver en qué hotel te estabas hospedando y encontré la confirmación de tu reserva en la bandeja de entrada —Eloísa mira la maleta de Javier a su lado—. ¿A dónde vas? Todavía nos quedan días de vacaciones.

—A ti te quedan días. Yo no tengo nada que hacer aquí.

—¿Ah, no? ¿Y por qué separaste un paseo en yate el día de hoy si no tenías la intención de ir? O sea, ¡mírame! ¿Arreglada para nada?

—Yo no separé ningún… —Javier toma su celular y revisa su e-mail personal. En su bandeja de entrada lee la confirmación de la reserva para un paseo en yate para dos personas que comenzará en menos de dos horas—. ¿Por qué hiciste esto? Espera… ¿Utilizaste mi tarjeta de crédito para pagarlo?

—Tú fuiste quien me dio el celular anoche. Entonces…, tú eres el culpable.

—¡Eloísa!

—¡Tranquiiiiilo! Te lo voy a pagar. ¡Pero hay que irnos ya! Tenemos que llegar antes de las once de la mañana para abordar.

—Yo no voy a ir. Ya tengo todo empacado, y aquí mi compañero me está consiguiendo un vuelo de regreso a Monterrey —Javier mira al hombre recepcionista al otro lado—. ¿Ya quedó pagado el vuelo?

—Ah… Perdone señor, estaba esperando a que me

confirmara. Procedo primero a separar el vuelo y después continuamos con la cancelación de la reserva de su habitación, esto en caso de que haya cambios con la aerolínea…

—¡Olvídelo! No le haga caso —interrumpe Eloísa—. ¡No vamos a cancelar nada! Y él no se va a ninguna parte. ¿Puede mandar a alguien para que se lleve la maleta de regreso a su habitación?

—Sí —dice el hombre—, por supuesto que podemos.

—Eloísa… ¿Qué estás haciendo? —pregunta Javier.

—Ahora mismo, apurándote para irnos al yate. ¿Dónde están las llaves del carro?

Después de un viaje de cuarenta y cinco minutos hacia Playa del Carmen, Eloísa se estaciona cerca de la Marina Puerto Aventuras, un complejo residencial construido entre las aguas azules de la Riviera Maya, en donde decenas de embarcaciones flotan amarradas de los muelles a orillas de las casas y negocios que conforman la comunidad. Eloísa baja del auto con su sombrero puesto y con unos grandes lentes de sol color café cubriendo sus ojos. Javier por su parte se queda encerrado en el auto, no ha dirigido palabra a Eloísa desde que el botones del hotel regresó su maleta hasta el búngalo. Eloísa se acerca por fuera del auto hasta la ventana del asiento copiloto, mira a Javier todavía acostado con el respaldo hacia atrás, así se fue la mayor parte del viaje. Ella golpea el cristal con sus nudillos.

—¡Vamos, Javier! Se nos va a hacer tarde.

Javier endereza su asiento y baja del auto. Se coloca unos lentes de sol negros y camina detrás de Eloísa hasta un edificio de dos plantas con paredes color crema. Ambos encuentran un local con venta de recuerdos y ropa de playa; y a un lado miran las oficinas de *Riviera Experiences*. Eloísa jala del brazo a Javier para entrar en el negocio y se presentan con la jovencita en el mostrador. La chica les pide los datos de reservación, Eloísa da el nombre completo de Javier y menciona la agencia con la que se hizo la separación. Al confirmar los datos, la joven les hace entrega de dos pulseras color lila que colocan en sus muñecas izquierdas, les explica que deben pasar por la puerta de cristal que se encuentra a sus espaldas en busca de su compañero Silverio, que tendrá una playera color lila con el nombre de *Riviera Experience* impreso en el pecho. Javier y Eloísa atraviesan la puerta y se encuentran con un extenso muelle que conecta a toda la marina. Las residencias alrededor parecen tener más de cinco habitaciones con baños completos cada una. Javier admira las grandes dimensiones de algunos veleros flotando a orillas de muelle mientras siguen caminando, todavía en búsqueda del hombre con playera lila. Lo encuentran dando indicaciones a un grupo de seis personas que esperan formados afuera de un mediano yate de dos pantas, Eloísa se incorpora en la conversación mientras Javier mantiene su distancia del resto. El hombre, de nombre Silverio según su gorra, les da la bienvenida a la embarcación.

—El viaje, como viene en la información, tendrá una duración aproximada de cinco a seis horas, viajaremos recorriendo una buena parte de la Riviera Maya. Abordo podrán disfrutar de bebidas, aperitivos y comida. Tendremos algunas paradas para que puedan disfrutar del mar haciendo snorkel o simplemente se relajen dentro de la embarcación. Si tienen alguna duda o necesitan atención especial durante el recorrido, su servidor marinero abordo, el ayudante de servicio, el cocinero y el capitán, estaremos al pendiente de ustedes en todo momento. Sin más que decir, ¡los invitamos a abordar!

El abordaje se realiza por la popa, la parte trasera del yate. Hay tres jovencitas en el grupo, de no más de veintidós años, que son las primera en subir; detrás de ellas va un matrimonio de personas mayores que abordan despacio con ayuda de Silverio, que los sostiene con fuerza al pasar del muelle a la embarcación; frente a Eloísa va un joven viajando en solitario cargando una cámara profesional en sus manos, va grabando en todo momento su ingreso al yate; Javier es el último en poner los pies en el piso de madera de la embarcación. El ayudante de servicio y el cocinero los reciben a todos con una copa de champán o un vaso con agua. Javier toma el alcohol y lo bebe casi todo de un trago. Desde la popa se puede subir al segundo piso de la embarcación por unas muy estrechas escaleras, Javier sube por ellas hacia el espacio exterior cubierto con un techo de lona y se encuentra al capitán sentado frente al tablero de control, detrás de él hay un sillón en forma de media luna, en él se encuentra Eloísa junto con el matrimonio mayor. Javier se acerca a donde el capitán, que le da la bienvenida a bordo. Desde lo alto, con el timón y controles frente a él, mira hacia abajo a donde la proa, la parte frontal del yate, las tres jovencitas y el hombre de la cámara se han acomodado en la cubierta cerca de la punta, sentados sobre toallas de playa.

Cuando el capitán enciende motores Javier siente sus piernas temblar, mira en el muelle a un hombre desatando el yate, permitiendo que este se mueva libre por las aguas de la marina, el capitán comienza a mover embarcación. Javier observa que a su alrededor las otras naves y veleros siguen atados al muelle; las residencias se van quedando atrás a medida que el yate avanza con dirección al mar; el angosto cauce de la marina se va ensanchando, tornándose más y más azul. Javier mira hacia enfrente y ve la inmensidad del mar acercándose a él. Retrocede varios pasos hasta que su cuerpo cae encima de Eloísa, que se encuentra sentada en el sillón. Ella lo sostiene por la espalda.

—Me quiero bajar —le dice Javier.

—¿Qué? —pregunta Eloísa quitándoselo de encima.

—¡Me quiero bajar! ¡Me quiero bajar! —grita Javier de pie y se acerca al capitán. Sus gritos han provocado que los pasajeros en cubierta volteen hacia arriba a donde el tablero de control—. Apague esto, ¡apáguelo! —le ordena Javier al capitán tomándolo por el hombro.

Antes de que Javier toque los botones, Silverio llega por las estrechas escaleras y abraza a Javier por la espalda.

—Tranquilo, carnal. Tranquilo. Ven conmigo.

—¡No! ¡Me quiero bajar! —dice tratando de quitarse los brazos de Silverio de encima.

—¡Javier! ¿Qué pasa? —Eloísa trata de tomar sus manos.

—¿Viene con usted? —le pregunta Silverio sosteniendo a Javier, Eloísa asiente con la cabeza—. Acompáñeme a llevarlo abajo, señorita.

Ambos toman a Javier de las manos y lo llevan por las escaleras hasta la parte baja del yate, e ingresan al área interior. Silverio acomoda a Javier sobre una cama individual a una orilla de la cabina. En una esquina del espacio, donde está la cocineta, se encuentran el cocinero y el ayudante de servicio preparando los apetitivos para los invitados. Eloísa se acerca con ellos a pedirles un vaso con agua que le entrega luego a Javier, él lo bebe mientras mira al exterior del yate por la ventana, ahí siguen las tres jovencitas recostadas sobre la proa, junto al joven solitario y su cámara. Silverio le pide que respire despacio y se recueste. Javier obedece y se tira sobre la cama mirando al techo de la embarcación. Eloísa voltea y pide a Silverio que les regalen un poco de privacidad. Él asiente, llama al cocinero y a su ayudante para que entre todos lleven los aperitivos y las bebidas al resto de los tripulantes.

Eloísa coloca su delicada mano sobre la frente de Javier y frota su cabello con el pulgar.

—Ahora dime… ¿Qué pasa, Javier?

—No quiero estar aquí. No quiero.

—Javier. Me hubieras dicho que no querías subirte al yate.

—No en el yate, Eloísa. En el mar. No quiero estar aquí en el mar.

—¿Y a ti desde cuando te da miedo el mar?

Javier se sienta sobre la cama y mira a Eloísa con ojos

llorosos.

—¡Desde ahora! Desde que soy consciente de lo que es la muerte —y se vuelve a recostar. Pone las palmas de sus manos sobre los párpados como si quisiera empujar sus lágrimas de vuelta a su cuerpo. Siente la mano de Eloísa sobre su pecho…, subiendo y bajando con el ritmo de su respiración.

—¿Quieres hablar? —pregunta Eloísa.

Javier no contesta. Eloísa escucha unos pasos acercándose y mira a Silverio en la entrada hacia el interior del yate.

—¿Cómo se encuentra el joven? —pregunta Silverio asomando su cabeza—. El recorrido ya comenzó, por respeto al tiempo de los demás pasajeros, y a otros viajes que tenemos programados el día de hoy, no podemos regresar al muelle. Pero pueden quedarse aquí adentro el tiempo que lo deseen.

—Muchas gracias, no se preocupe Silverio, en un momento salimos —le dice Eloísa antes de que Silverio se marche de nuevo.

—Yo no voy a salir. Vete tú —Javier gira el cuerpo sobre la cama dando la espalda a Eloísa.

Hay un silencio entre ambos que les permite escuchar el golpeteo del mar en el yate. Sienten cómo la mediana embarcación se balancea despacio, abriéndose paso a aguas más profundas. Eloísa se retira el sombrero en su cabeza para colocarlo en una mesita al lado de la cama. Empuja la espalda de Javier hacia delante, para ella hacerse un espacio en la cama y poder recostarse a su lado. Javier siente la respiración de Eloísa detrás de su cuello y se deja abrazar por ella.

—Si te digo que te entiendo, ¿me lo crees? —le susurra Eloísa. Él no contesta—. Yo también se qué es la muerte, Javier. Viví pensando en ella durante muchos meses con miedo a que un día me llegara. Era como… Como si estuviera conduciendo un auto sin frenos, muy rápido y sin control, siempre alerta esquivando objetos para así retrasar lo inevitable, una estampida directa contra un muro. Así lo viví de principio a fin.

—Es diferente —dice Javier girándose sobre el colchón hasta tener a Eloísa de frente, mirando sus negros ojos—. Lo que siento ahora es diferente y no tiene nada que ver contigo, sino con mi mamá —Javier siente cómo las manos de Eloísa se meten entre sus dedos—. Yo he vivido con la muerte desde muy pequeño, desde que mi mamá no está con nosotros. La muerte nos ha acompañado a mi papá y a mí toda la vida, pero yo no era consciente de qué o quién era. ¿Sabías que yo jamás había llorado la muerte de mi madre hasta hace poco? Mi... Mi cerebro no guarda muchos recuerdo de ella, yo era un bebé cuando todo ocurrió. Me cuenta mi tía Tere y mi papá que yo estaba presente el día que se fue, y no me enteré de nada. Mi papá nunca me hizo ni me ha hecho participe de su sufrir. Siempre me habló maravillas de ella, pero jamás de los detalles de su muerte. Solo sabía lo que todos decían: Perla se había ahogado en el mar. Y luego solo quedaron fotos, eso es lo que tengo de mi mamá. Un borroso recuerdo de su cara plasmado en una foto y, sin saber por qué, le tengo un enorme cariño a pesar de no haberla conocido.

—¿Cuándo fue que lloraste por ella? —pregunta Eloísa apretando las manos de Javier.

—¿Perdón?

—Dijiste que jamás habías llorado su muerte hasta hace poco, ¿qué cambió? —Eloísa siente los dedos de Javier entrelazándose más con los suyos.

—Arturo... Eso cambió —Javier se hace bola sobre la cama aguantándose el llanto—. Cuando Arturo se fue, me sentí tan solo que no quería hablar con nadie. Literal con nadie. Quería llorar en soledad, pero al mismo tiempo sentirme acompañado. Sé que suena incoherente pero así me sentía. Y a mi mente, de repente, se vino mi mamá... Perla... El día de la muerte de Arturo, me encerré en mi habitación junto con una fotografía de mi mamá y fue la primera vez que pude verla de verdad. La vi como debía haberla visto durante todos estos años, ¡viva! Porque al igual que Arturo, ella no tenía porque haberse ido —Eloísa abraza a Javier por encima de los hombros—. ¡Es que ella no pudo verme crecer! ¿Qué se imaginaba ella cuando me veía a mí de bebé? Es que… Seguro ella tenía planes, sueños, y experiencias que quería compartir conmigo…, con mi papá, y eso le fue arrebatado de sus manos. El mar se lo quitó. ¡Nos lo quitó a todos! ¿Me entiendes?... ¿Entiendes por qué no quiero estar en el mar? Lo… Lo odio… Lo odio, Eloísa.

—Entiendo lo que me dices —dice Eloísa sentándose sobre colchón—. Entiendo que después de mucho comprendiste el dolor que todos sintieron al perder a tu mamá. Que por fin entendiste lo que otros sufren al perder a alguien. Pero… No sé, a lo mejor suena muy estúpido lo que voy a decir… En lugar de guardarle rencor al mar, ¿por qué no haces las paces con él?

—Nunca había tenido problemas con él hasta que entendí lo que hizo con mi mamá. Por eso después de este viaje no quiero volver a saber nada de él.

Eloísa se le queda mirando a Javier. Se le nota nerviosa por sus manos temblando sobre sus piernas.

—Javier… ¿Sientes que te has equivocado alguna vez a lo largo de tu vida? —pasan segundos y él no responde—. Tal vez el mar se equivocó con lo que pasó con tu mamá, ¿quién de nosotros no lo ha hecho? Porque si lo pones de esa manera, que el mar le arrebató todo a tu mamá, entonces yo fui el mar para…, para Arturo. Y lo seré para ti hasta el último día de mi existencia.

La música al exterior los inmuta de golpe. Eloísa mira a través de la ventana a las jovencitas bailar sobre la cubierta del yate alrededor de una bocina.

—Eloísa… No creo que… No creo que seas el mar… Vaya, no te odio a ti.

—Está bien, Javier. Ahora que te escucho lo entiendo más. Yo también debo de aceptar que me he encerrado tanto en mi sanar y resignación, que no puse mucha atención a lo que pasaba por tu mente. Tu sufrir. Y ahora comprendo más por qué decidiste venir a este viaje —del ojo izquierdo de Eloísa cae una lágrima—. Oh, Dios —se la limpia con el dedo—. Sabes qué, voy a salir a que me de un poco el aire. Tú descansa aquí.

—Eloísa…

—No, escucha... Perdóname… Por obligarte a venir a este paseo en yate, tú ya querías regresar a Monterrey. Perdón por eso y..., y por todo —dice levantándose y saliendo de la cabina.

Javier se levanta despacio de la cama, rezando no marearse, y la sigue. Al salir siente como el viento le golpea la cara. Parado sobre la popa del yate se da cuenta que están alejadísimos de la orilla, el mar que odia ya los tiene en sus manos. Respira profundo y camina a su izquierda para seguir a Eloísa. Avanza despacio, agarrado del barandal y casi en cuclillas, por el costado a estribor de la embarcación, se arrastra mirando el mar quebrándose por debajo del yate. Cuando llega a la cubierta ve al joven solitario de la cámara recostado boca arriba; las otras tres jovencitas se dirigen a la popa por el costado opuesto del yate, una de ellas preguntando si hay cervezas a bordo. Javier encuentra a Eloísa, que está sentada sobre la punta de la proa mirando hacia la inmensidad. Javier se acerca a gatas por miedo a perder el equilibrio y caerse, se pone de rodillas detrás de Eloísa, levanta la mirada rumbo al mar.

—Oh, por Dios —dice Javier con los ojos puestos en la extensa capa de agua que los rodea—. Qué…, qué belleza.

—Sí…, es hermoso... Pero traicionero... Así como yo.

Ambos se quedan en silencio contemplando el mar. Javier abraza a Eloísa por la espalda metiendo su cara entre su cabello negro.

—Eloísa —le habla al oído—. No fue culpa tuya. Nada de lo que pasó fue tu culpa.

CATORCE

"Lo siento, no puedo" fue la frase inaugural de todos los cambios en la vida de Eloísa, parada frente a un pastel Blizzard de Oreo con crujiente galleta al centro y base de helado de vainilla. En el comedor de empleados en las oficinas de Grupo Arámbula se había reunido una veintena de compañeros de distintos departamentos para celebrar su cumpleaños. La insistente petición de Josefina, su amiga del departamento de marketing, obligó a Eloísa a acercar sus labios al pastel para soplar la velas rosas incrustadas en forma de los números tres y cero. Antes de soplar, Josefina la detuvo colocando sus dedos por encima de la boca de Eloísa, quería asegurarse que ella pidiera un deseo antes de apagar el fuego. Eloísa cerró sus ojos y se colocó las manos sobre el pecho: "¡vivir!", pensó gritando hacia sus adentros. Abrió los párpados y vio sus años en cera consumiéndose bajo el fuego, así como sus riñones lo hacían por dentro. Si nadie apagaba esa llamarada no quedaría rastro de ellas. Y sopló.

Antes de sus treinta inviernos, Eloísa tuvo su primera consulta en la Clínica María Concepción. Los vómitos y náuseas que iniciaron a mitades del año habían aumentado en los días previos a su revisión. Su primera opción para aliviar los males no fue visitar la clínica, sino ir a una farmacia para adquirir pruebas de embarazo y descartar motivos de sus síntomas, dos pruebas negativas le fueron suficientes para aliviar su preocupación, más no su malestar. Eloísa llegó por cuenta propia a consulta un domingo por la tarde, pidió un Uber desde su departamento hasta las puertas de la clínica en donde pudo caminar sin problemas hasta el área de recepción. En la pequeña sala de espera, Eloísa llamó por teléfono a su madre Luisiana para darle a conocer la razón de su visita a la clínica. Su madre deseaba entrar en la línea de teléfono y traspasar los más de trescientos kilómetros de viaje, desde Torreón a Monterrey, en menos de un minuto y acompañarla en la consulta; Eloísa quiso apagar la angustia que percibió en la voz de su madre con la mentira de que Arturo la venía acompañando. Con una oración a la Virgen de Guadalupe, Luisiana se despidió de su hija orando y pidiendo que aquel mal fuera pasajero. El temblor en la voz de su madre la hizo sentir culpable de mentir, así que llamó a Arturo para hacerlo participe de su visita al consultorio. Antes de la llegada de Arturo, Eloísa ya había ingresado a una de las salas de chequeo junto a una enfermera, quien le tomó sus datos personales y le hizo compañía en la corta espera del doctor en turno. El Doctor Guzmán se presentó ante Eloísa pidiendo que tomara asiento en la camilla en medio de la sala. Eloísa obedeció colocándose sobre el colchón, sintiendo ese malestar que venía cargando hace días en el flanco izquierdo de su espalda baja, un dolor muscular que atribuyo a pasar horas sentada en la oficina y que no externó durante su consulta. El Dr. Guzmán escuchó los síntomas por los cuales su paciente había decidido presentarse y que fueron volviéndose más recurrentes en recientes días. Al igual que Eloísa con sus pruebas de embarazo negativas, el Dr. Guzmán quiso descartar posibles escenarios relacionados con los síntomas presentados, por lo que pidió a su paciente realizarse estudios de orina y de sangre para enviarlos a examinar en laboratorio, en días posteriores se tendrían los resultados. Eloísa accedió de inmediato a entregarle las muestras. El Dr. Guzmán se despidió haciéndole entrega de una receta médica en la que le pedía tomar antibiótico en caso de que se tratara de una infección en las vías urinarias, tomando en cuenta los síntomas presentados, y dejó a cargo a una enfermera que preparó su material para la extracción de sangre y el depósito de orina. Al terminar con la entrega de fluidos, Eloísa volvió a encontrarse en la recepción del hospital donde Arturo la esperaba sentado en un sillón negro, lo miró muy concentrado viendo el noticiero de las seis de la tarde en el canal de Milenio Televisión. Se acercó lento a saludarlo y juntos salieron de la clínica rumbo a la farmacia para comprar el medicamento recetado. Esa noche Arturo no se separó de su prometida.

Cargando el mismo dolor en su espalda baja, Eloísa regresó días después por el resultado de sus estudios. Esa vez acompañada de Javier, quien se había convertido en su chofer personal para ir y salir de la oficina. Con los males y dolores rondando su cuerpo, conducir se había vuelto una tarea casi imposible para Eloísa, por lo que tener transporte se volvió una necesidad más que un lujo. Javier no le pedía más que una aportación económica para llenar el tanque de gasolina, y que no se acostumbrara a traerlo de chofer por más de dos semanas. Ambos se presentaron en la recepción de la clínica donde la encargada en turno les pidió tomaran asiento en lo que daban aviso al doctor. Javier y Eloísa se sentaron, uno frente al otro, en las dos bancas colocadas en lados opuestos del blanco e iluminado pasillo de las salas de consulta. Él miró a Eloísa recargada con las manos dentro de los bolsillos de su abrigo gris; chocaba sus rodillas una con la otra y no paraba de voltear a ambos lados del pasillo. Javier se levantó colocándose frente a Eloísa. Ella subió su mirada para verlo a los ojos. Tomados de las manos, Javier se sentó a su lado y la resguardó bajo su brazo. Eloísa por fin pudo relajarse, al menos por un lento minuto. Sus miradas se concentraron en el andar de una enfermera llevando a una anciana sobre una silla de ruedas por el largo pasillo, y detrás de ellas vieron al Dr. Guzmán. Con una voz tenue y serena, el doctor pidió a ambos que lo acompañaran hacia una de las salas. Eloísa fue la primera en levantarse, pero antes de que Javier lo hiciera, ella le pidió que la dejara entrar por su cuenta. Javier asintió, los vio alejarse y entrar en la sala uno detrás del otro.

El Dr. Guzmán pidió a Eloísa que se sentara frente a una mesita blanca en donde él expuso la carpeta con sus resultados de laboratorio. De principio se descartó que el problema de Eloísa se tratara de una pielonefritis, una infección en las vías urinarias por causa de una bacteria o un virus. No obstante, a pesar de que las pruebas de orina no mostraron signos de infección, sí dieron con una gran cantidad de datos de sangre y proteínas. El Dr. Guzmán preguntó a Eloísa si había experimentado dolores en alguna zona de la parte baja de la espalda, y por primera vez Eloísa reconoció que su malestar, que creía muscular, estaba ligado a sus constantes nauseas y vómitos. El Dr. Guzmán le explicó en términos generales la función primordial de los riñones que es: filtrar. Con una medida de filtro muy pequeña que sirve como malla protectora, los riñones mantienen moléculas importantes dentro de nuestro cuerpo evitando que salgan del organismo; pero cuando se presenta algún daño en el filtro del riñón, la malla protectora se perfora haciéndose cada vez más grande, al punto que propiedades de la sangre, como las proteínas en el organismo que no deberían salir del cuerpo, pasan desapercibidas a través del dañado filtro. Las causas relacionadas con este padecimiento podrían ser: un proceso inflamatorio, o por un proceso autoinmune, que es cuando los anticuerpos del paciente atacan por equivocación a las propias células que forman el filtro del riñón. Para conocer con certeza la causa de la falla, el Dr. Guzmán pidió a Eloísa realizar estudios adicionales para diferenciar el tipo de enfermedad glomerular, comprobar la función renal por medio de pruebas de creatinina, y así poder dar inicio al tratamiento. Los términos médicos no formaban parte del vocabulario de Eloísa, y saber que algo no funcionaba dentro de ella era lo último que esperaba escuchar en su visita a la clínica. Eloísa trató de formular preguntas que tuvieran sentido en la consulta para tratar de entender mejor lo que ocurría en sus adentros. Escupió lo que en ese momento el torbellino en su cabeza le soltaba: ¿es contagioso lo que me pasa?, ¿qué debo tomar para que se me quite?, ¿hay una forma de se controle por medio de una inyección de proteínas o algo? El Dr. Guzmán la tomó de las manos y frotó sus pulgares en las palmas de Eloísa. Le aconsejó que fueran un paso a la vez. Al tener los nuevos resultados se podría realizar un diagnóstico más extenso. Él se encargaría de responder cada pregunta durante el tratamiento. Con un dolor más que físico, Eloísa salió de la sala de consulta junto al Dr. Guzmán, miró a Javier aún sentado en la misma banca del pasillo donde lo había dejado. El Dr. Guzmán le indicó a Eloísa las últimas recomendaciones y medidas a seguir antes de realizarse los nuevos estudios. Javier se levantó de su asiento y esperó a que el doctor se alejara por su cuenta. Eloísa miró al Dr. Guzmán entrar por las puertas vaivén al final del pasillo hacia las salas de urgencias. Javier se acercó a Eloísa. Como si ella se fuera a desvanecer, Eloísa se dejó caer en él y abrazó a Javier por encima de los hombros. Él escuchó el llanto de Eloísa bajo su oreja izquierda mientras ella lo estrujaba más fuerte entre sus brazos. Ambos se miraron el uno al otro. Él sin entender nada. Ella muriendo por dentro.

Los días transcurrieron hasta el cumpleaños número treinta de Eloísa. Aquel día que comenzó como cualquier otro en las últimas semanas: Javier conduciendo muy temprano por la mañana hacia el departamento de Eloísa, para irse juntos al trabajo en las oficinas corporativas de Grupo Arámbula. A la hora de la comida Javier había planeado junto con Josefina una pequeña reunión sorpresa para festejar a su jefa, y así levantarle el ánimo después de sus recurrentes visitas al consultorio médico, aún sin conocer el estado de salud de Eloísa. Una bomba de azúcar se le presentó a la cumpleañera, un pastel hecho de helado y galleta. Después de soplar las velas, Eloísa ofreció gran parte del postre a los invitados sin que ella diera un solo mordisco, ya que en secreto seguía las recomendaciones del Dr. Guzmán antes de su siguiente visita: tener una dieta saludable reduciendo al máximo el consumo de azúcar. Ese mismo día conocería los resultados de sus pruebas más recientes y esperaría a escuchar los siguientes pasos a seguir en el tratamiento.

Contrario a Javier, Arturo conocía cada detalle en la salud de su novia. Eloísa había acordado que Arturo fuera por ella a la oficina y la llevara a la clínica por los resultados, el último lugar que ella hubiera imaginado vivir el inicio de sus treintas. Cuando dieron las seis de la tarde Eloísa salió del edificio corporativo, quedó sorprendida al ver a Arturo afuera de las oficinas sosteniendo un enorme ramo de rosas rojas, una por cada año vivido, bajo las luces navideñas que decoraban los faroles y semáforos sobre la avenida. El temblar en las manos de Eloísa lo provocó más que el frío de la calle. Arturo se acercó hacia ella, con el ramo frente a él, y la tomó con delicadeza por la cintura para acercarla despacio a sus labios. Tan apasionado el beso fue que el invierno a su alrededor se convirtió en la cálida prenda con la que arroparon el encuentro. Sus labios encontrándose más de una vez entre el olor de las rosas y el picor del helado clima en sus rostros. Un sonido de aplausos continuos los separó el uno del otro. Ambos se giraron y vieron a Javier sonriente en la entrada de las oficinas. Javier sacó su celular pidiéndoles que se abrazaran para fotografiarlos juntos e inmortalizar el momento. Ambos sonrieron ante él ocultando el miedo en la fría humedad de sus ojos.

La mujer que se presentó ante ellos esa misma tarde en el hospital fue la Dra. Jessica Martínez, especialista en nefrología que es el estudio de la estructura y función renal. Con los resultados de los estudios previos realizados se pudo diagnosticar que Eloísa presentaba una enfermedad autoinmune en los riñones, una falla renal a largo plazo en donde los propios anticuerpos atacan las células del organismo. En estos casos, los pacientes como Eloísa tienen una vida asintomática hasta que comienzan a presentarse los primeros síntomas de fallo en los riñones. Con las pruebas en mano, la primera recomendación que se le dio a la paciente era mantener un control del consumo de azúcar para minimizar el daño al riñón. La Dra. Jessica expuso el ejemplo de una pelota de futbol contra una portería, si se le da varios golpes con el balón a la larga terminará por romperse más rápido hasta perforarse. Lo mismo pasa con el azúcar en la sangre, por ser una molécula muy grande suele golpear y dañar más rápido la funcionalidad en el filtro del riñón. Arturo cortó la explicación de la doctora exigiendo respuesta a su pregunta: "¿Y ahora qué sigue?". La Dra. Jessica explicó que el siguiente paso sería entrar a un proceso de inmunosupresión. Por medio de medicamentos se va a suprimir a los "guerreros" en el cuerpo de Eloísa encargados de atacar las enfermedades en el organismo, ya que estos mismos son los que están afectando directamente el cuerpo de la paciente. "¿Y después de eso?", preguntó ahora Eloísa, si ya estaba mal por dentro quería conocer todos los escenarios posibles antes de que le llegaran por sorpresa. La Dra. Jessica tomó los estudios, les explicó que si había una resistencia a los medicamentos de inmunosupresión, y los resultados de filtración glomerular presentaban una insuficiencia renal mayor en lugar de una recuperación, se debería comenzar con una terapia de diálisis, una filtración mecánica de la sangre en donde se conecta al paciente a una maquina que realizará la función del riñón, ya que los órganos del propio paciente tienen una funcionalidad menor al veinte porciento de lo normal. "¿Y después?", preguntó Arturo. Esta vez la Dra. Jessica no respondió, y regresó a explicar con más a detalle el proceso de inmunosupresión por medicamentos.

Metido en sus pensamientos, la mano de Arturo encontró la de Eloísa y dando un apretón sintió el anillo de compromiso incrustándose bajo sus dedos.

Y el miedo creciendo en su pecho.

QUINCE

El yate avanza como el tiempo: rápido y sin escalas. Como una alfombra líquida color turquesa es como Eloísa percibe los kilómetros de mar que se extienden ante ella mientras Javier contempla la costa a su derecha. Él divisa lo que parecen ser piedras apiladas formando una especie de muralla en la punta de un rocoso acantilado a orillas del mar. Silverio les comparte a los pasajeros que se encuentran navegando frente a la Zona Arqueológica de Tulum. Las olas a lo lejos arañan las faldas de la pared rocosa, que entre su dureza crecen decenas de plantas; el verde sube hasta la construcción donde se alcanza a distinguir el transitar de turistas a los pies de la estructura. La mediana embarcación sigue avanzando hasta que la muralla se pierde atrás en la lejanía. Las tres jovencitas en el yate se despojan de sus holgadas prendas que cubrían sus trajes de baño y se recuestan sobre la cubierta a tomar el sol. Eloísa se para junto a ellas, todavía llevando puesto su largo vestido amarillo que la cubre desde los hombros a los tobillos. Gira la cabeza buscando a Javier, lo encuentra en la planta alta del yate a un lado del timón sosteniendo una cerveza y conversando con el capitán. Ahora más relajado que al inicio del viaje.

—¡Javier! —grita ella meneando su mano en el aire para captar su atención. Javier le regresa el saludo—. ¿Puedes traerme mi bolsa? La dejé dentro de la cabina.

Javier baja las angostas escaleras para ingresar al interior del yate. En el reducido espacio mira al cocinero y a al auxiliar sazonando carne para hamburguesas en una parrillita encima de la cocineta. Sobre una mesa al lado de la cama encuentra la bolsa de mimbre de Eloísa. Sale de la cabina y vuelve a cruzar con cuidado por el costado del yate hasta llegar con ella, que se ha sentado entre las tres jóvenes sobre toallas de playa. Javier le entrega la bolsa a Eloísa. Ella la pone entre sus piernas cruzadas y esculca hasta encontrar el bloqueador de playa y sus lentes de sol; se retira el vestido amarillo pasándolo por su cabeza, su piel morena y bronceada queda al descubierto con un traje de baño morado de dos piezas. Coloca bloqueador en las palmas de sus manos y comienza a esparcirlo por sus brazos, piernas y pecho. Una de las jóvenes la mira aplicándose la crema protectora por debajo del abdomen en donde se marca la arrugada cicatriz que baja continua hasta perderse en el bañador de Eloísa.

—¿Te retiraron el apéndice hace poco? —pregunta la joven apuntando a la cicatriz.

—¡Samantha! —le grita una se sus amigas golpeándola en el brazo—. No puedes ir así como si nada apuntando a las cicatrices de la gente.

—¡Aaaash, Annita! Pues a mi primo se lo quitaron hace poco y me dio curiosidad.

—Además, no seas ignorante —le reclama Annita—. El apéndice está un poquitín más arriba, esa cicatriz parece más bien de una mala cesárea.

—¡Aaaay! ¿Acabas de tener un bebé? —se incluyó a la conversación la tercera joven llamada Jacky—. ¿Qué edad tiene y cómo se llama?

Javier escucha la conversación entre las tres mujeres mientras se mantiene parado y en equilibrio sobre la cubierta. Le surge un extraño cosquilleo sobre el estómago al escuchar a las jovencitas hablar tan inocentes sobre lo que para él ha sido el peor cambio inadvertido en su vida. Decide retirarse a donde el capitán del yate para no ser participe en la conversación. Antes de pasar por uno de los costados de la embarcación mira a Silverio acerándose hacia él. Escucha que el motor del yate se ha apagado. La nave se balancea ligera sobre las aguas caribeñas cerca de una costa. Silverio se coloca en la punta del yate, y externa la invitación a todos los que deseen darse un chapuzón en el mar se acerquen a la popa para darles su equipo de snorkel, o si lo prefieren zambullirse con libertad a disfrutar del pequeño paraíso. Las primeras en levantarse son Samantha, Annita y Jacky, que van casi corriendo a colocarse las máscaras de buceo que Silverio tiene preparadas. Javier y Eloísa escuchan los gritos emocionados de las tres desde la proa, cuando una por una se va tirando al mar. El joven que subió al yate sosteniendo una cámara profesional la guarda en la mochila que lleva en su espalda para remplazarla por una GoPro, una cámara deportiva más pequeña que su puño. Javier y Eloísa lo miran colocándose en su cabeza una montura de correas que ajusta sobre su cráneo, en donde la GoPro se adhiere encima de la frente para realizar una grabación a manos libres, y se va camino a la popa. La pareja de adultos mayores ha permanecido durante todo el recorrido en la parte alta del yate, bebiendo champán y comiendo aperitivos. Los únicos sobre la proa son Eloísa y Javier.

—¿No quieres ir a nadar? —le pregunta Javier.

—No, ¡pero ve tú! Yo estoy bien aquí. Prefiero asolearme un poco más —le dice ella mientras se recuesta sobre la toalla permitiendo que el sol le de en la cara.

Javier se sienta a su lado sobre una de las toallas que dejaron extendidas las jovencitas. Se queda en silencio admirando el mar y la costa a su lado. El calor comienza a picarle en los brazos, así que se retira su camisa guayabera, de la bolsa de Eloísa agarra el bloqueador para untarse sobre los hombros, el pecho y los brazos. Cuando vuelve a poner la crema protectora en la bolsa, mira el desnudo abdomen de Eloísa, y ahí sigue la cicatriz expuesta ante él.

—Oye *Lois*… Yo nunca… Yo nunca te he preguntado… —Javier hace una pequeña pausa antes de hablar—. ¿Cómo vas con tu recuperación? ¿Has…, tenido problemas?

Eloísa levanta el torso apoyada de sus codos.

—Yo estoy bien. Demasiado bien la verdad… ¡Gracias por al fin preguntar!

—Oye. No ha sido fácil para mí todo el proceso. El proceso de… Pues de aceptar.

—Lo siento, perdón. Tienes toda la razón —Eloísa acaricia la espalda descubierta de Javier—. Pero sí…, estoy bien. La recuperación ha ido bastante bien, incluso mejor de lo que esperábamos. Aunque sí tengo que ser sincera, a siete meses de la operación todavía me cuesta hacerme a la idea que puedo llevar una vida normal. Me da un poco de miedo hacer muchísimas cosas, ¿sabes?

—¿Como lanzarse a nadar en el mar caribe?

—Es más que el hecho de lanzarse al agua. No sé. Mejor hablemos de otra cosa. ¿El chavo de la cámara será una personalidad famosa de internet? Deberíamos preguntarle cuando regrese de nadar, tal vez nos deje aparecer en su blog y podemos mandar saludos a tu tía Tere.

—*Loís*, me acabas de soltar en la cara un: "gracias por al fin preguntar", bueno pues ahora que pregunté quiero escucharte. Si vas muy bien en la recuperación, ¿de qué tienes miedo? ¿Qué te da miedo hacer?

Eloísa se sienta con las piernas cruzadas. Siente como su piel se eriza por todos lados. Se acaricia ella misma sus brazos, luego pone sus manos sobre la parte baja de su abdomen.

—Pues… Vivo con miedo constante porque me siento frágil. Tan frágil que si no me protejo lo suficiente me puedo romper al primer descuido. Imagina llevar contigo una copa de cristal en tus manos de por vida, ¿qué cosas dejarías de hacer o evitarías con tal de que no se rompa? Evitarías lugares con mucha aglomeración de gente como festivales o parques de atracciones, no harías movimientos bruscos para cuidar que la copa no se golpee contra algo, o incluso preferirías no moverte de lugar con tal de mantenerla a salvo. Algo así me pasa últimamente. Siento que vivo al borde del quebranto a cada instante, o al menos cuando tengo que hacer algo fuera de lo común o me requiera hacer algún esfuerzo. Claro, voy aprendiendo a sobrellevarlo, pero casi ocho meses es muy poco tiempo para asimilarlo; o sea, es menos tiempo que un embarazo. Por cierto, ¿puedes creer que estas niñas pensaron que esto —señala su cicatriz— era de una cesárea?—ambos se ríen juntos, Javier da un empujoncito por encima del hombro a Eloísa, después el hilarante instante termina, Eloísa continúa—. Lo que quiero dar a entender es: estar cerca de la muerte te cambia la perspectiva de ver la vida. Te das cuenta que no somos dueños de nada en este mundo más que de nuestra propia existencia en un tiempo muy corto. Ese es el regalo más preciado que debemos atesorar y cuidar. Todo lo demás viene y va: el dinero, lo material, incluso quienes nos rodean. La vida es como el viaje que todo el mundo hace. En él conocemos personas que nos cambian para siempre, en cada nueva experiencia. Coleccionamos recuerdos que atesoramos en la estantería de las memorias. Sufrimos y gozamos en más de un sitio a lo largo del trayecto. Y como cualquier otro viaje, la vida algún día debe terminar. Eso lo tengo muy claro —Eloísa toma la mano de Javier y ambos entrelazan sus dedos.

—Pues…, si la vida es un viaje, ¿con quién me puedo quejar por el pésimo servicio?

—¡JA! Esa es una excelente pregunta.

Dentro del mar, por el costado izquierdo del yate, ambos ven nadar al joven de la GoPro metiendo y sacando la cabeza en el agua; detrás de él va la joven Annita, que con sus aletas en los pies y el equipo de buceo se sumerge un metro debajo de la superficie. Eloísa suelta la mano de Javier y se coloca de rodillas frente a él.

—Yo te tengo una mejor pregunta —le dice a Javier mientras ella se hace una coleta en el pelo para quitarse el calor en cuello.

—A ver. ¡Échamela!

—Bien. Tomando en cuenta lo que acabamos de hablar, la pregunta es: ¿Cómo calificarías el viaje de tu vida?

—¿Cómo calificaría qué?

—¡Sí! Imagina que al final de todo lo vivido alguien llega y te pregunta eso: ¿cómo calificarías el viaje de tu vida? ¿Qué responderías?

—Puessss, ¡no sé! Dame un ejemplo.

—¡Ándale, Javier! No es tan difícil. ¡Ya sé! Más fácil, descríbelo usando una sola palabra.

—Hmmmmm. ¿Confuso? ¿Injusto? ¡No sé! Ahora no tengo respuesta. Te la debo, *OK*?

—¡Va! Lo dejamos de tarea.

Por un costado de la embarcación, Silverio llega a donde Eloísa y Javier. Les comenta que la actividad de snorkel terminará en media hora. Después de eso toda la tripulación abordará de nuevo para comer juntos y comenzará el viaje de regreso a la marina. Javier asiente con la cabeza y le agradece a Silverio sus atenciones antes de retirarse.

—¿Le acabas de dar las gracias a Silverio? —pregunta Eloísa.

—Eeeeeh, sí. ¿Por qué?

—No, por nada —dice Eloísa guardándose el gusto de ver un diminuto cambio en Javier.

—Pues ya que estábamos hablando de viajes —le dice él—, este paseo en yate está a punto de terminar. ¿Lo has disfrutado?

—La verdad es que sí. Me encantaron las vistas, ¡y el clima ha sido espléndido!

—Y, ¿no crees que se puede mejorar?

—¿Cómo?

—¡Ven! Levántate —dice Javier poniéndose de pie frente a Eloísa—. Dame tus manos —Eloísa obedece y se levanta, ambos se encuentran de pie mirando la punta del yate—. Ahora ven conmigo, Javier la estira de las manos hasta llegar a la punta de la proa. Él pasa un pie sobre el pasamanos de la embarcación y luego pasa el otro mientras se sienta y se sostiene del tubo de metal—. ¡Vamos! —le grita a Eloísa—. ¡Al agua!

—¡Estás loco, Javier! Nos van a llamar la atención —dice

ella volteando hacia la embarcación para ver si alguien de la tripulación los observa.

—¡Venga! ¡Salta conmigo!

—No. No quiero meterme, ¡ya te lo había dicho!

—Y también dijiste que la vida es un viaje que tarde o temprano se acaba. ¿Qué experiencias quieres contar al final? —Eloísa se queda mirando el agua por debajo de la punta del yate—. ¡Vamos, *Lois*! —Javier estira su mano hacia ella—. No podemos vivir lo que nos resta de vida con miedo. ¡Me incluyo! Ya no voy a vivir con miedo.

Eloísa toma la mano de Javier y, al igual que él, pasa su cuerpo al otro lado del pasamanos. Ambos se sostienen del barandal a sus espaldas con ambas manos. Sus cuerpos están inclinados hacia enfrente como sirenas de madera frente a un barco pirata. Se miran el uno al otro.

—A la cuenta de tres, *OK*? —dice Javier—. Uno.

—Dos —dice Eloísa.

—¡Tres! —gritan ambos.

Eloísa se desprende del barandal dejando caer su cuerpo en el agua. La burbujeante sensación del mar la cubre completa sin que sus pies toquen el fondo. Abre los ojos, su borrosa mirada alcanza a distinguir la radiante luz del sol atravesando la superficie iluminando el arrecife coral que la rodea. Contiene la respiración agitando las piernas y los brazos para mantenerse bajo el agua. Cierra los ojos y en un solo movimiento sus extremidades la impulsan hacia arriba. El sabor del agua salada le rosa los labios hasta la punta de la lengua. Pasa sus manos por encima de sus párpados para quitar el agua de su rostro. Voltea hacia abajo y mira el resto de su cuerpo flotando sobre los corales y varios tipos de peces. Gira su cuerpo entre el agua buscando a Javier. Lo encuentra encima del yate, del otro lado del pasamanos doblándose a carcajada abierta.

—¡Eres un imbécil, Javier! —grita Eloísa chapoteando el agua con sus manos.

—¡Ya ves! No te pasó nada. Tú no te puedes quebrar

porque eres la persona más firme y fuerte que conozco.

—¡Espera a que suba para mostrarte la fuerza! ¡Te juro que te aviento yo misma! —grita ella mientras ve a Silverio acercándose por detrás de Javier.

—¡Señorita! —le habla Silverio—. Está prohibido lanzarse al agua por la proa. Muy mal.

—¡Eso le dije yo! —asegura Javier—. Pero no me hizo caso, compadre. ¡Es muy necia!

Eloísa rodea la embarcación nadando y mirando bajo la superficie del agua. Gira su cuerpo boca arriba y nada alternando sus brazos para avanzar lento bajo el sol que le calienta el rostro. Respira profundo el aire tropical y se sumerge de nuevo. Se siente cobijada por el cálido mar. Continúa nadando hasta llegar a la popa donde el auxiliar de la embarcación la ayuda a subir. Las tres jovencitas y el joven de la cámara suben también y secan sus cuerpos. Silverio y el chef llevan hamburguesas a la parte alta del yate donde los esperan la pareja de adultos mayores. Javier llega por un costado hasta la popa sosteniendo la bolsa de mimbre y una toalla que entrega a Eloísa. Ella la toma para secarse y se cubre el cuerpo con la tela. Javier la mira por unos segundos antes de acercarse a abrazarla por encima de su cintura, Eloísa se deja envolver en sus brazos y recarga su húmedo cabello en el hombro derecho de Javier. Ambos cierran los ojos. Quieren sentirse el uno al otro.

—¡Ay! ¡Me encantan! —grita Jacky—. ¿Cuándo es la boda? —dice apuntando el anillo de compromiso en el dedo de Eloísa.

—¡Dios mío! —exclama Eloísa tocando el diamante en su dedo—. ¡Lo pude haberlo perdido, Javier! —grita dándole un golpe en el hombro.

—Tranquiiiiila…, amor mío. Si se llega a perder durante el viaje, yo te compro otro.

—¡Aaaay, los amo! —dice Jacky antes de subir junto con sus amigas a la parte alta del yate dejando a Javier y Eloísa solos sobre la popa.

—¿Amor mío? —Eloísa lo golpea de nuevo en el hombro—. ¿En serio, Javier?

—¿Qué? ¿Prefieres sentarte y hablar de Arturo?

Eloísa se queda pensativa unos segundos.

—Debo admitir, "amor mío", que tus ideas no siempre son malas.

Ambos suben junto con el grupo de personas que sentados en círculo, alrededor de una mesa redonda, los invitan a sentarse a probar la comida. Un techo blanco de lona desplegado sobre ellos los protege del sol de las tres de la tarde. Eloísa se sienta sobre uno de los sillones en un costado del yate, Javier se coloca a su lado, ambos se acercan y toman la misma hamburguesa por error, Javier retira su mano y le concede Eloísa el honor de elegir primero.

—Yyyyy… ¿Cómo se conocieron? —les pregunta la joven Samantha.

—¡Ay, sí! Cuéntenos —insiste Jacky.

—¿Quién? ¿Nosotros? —pregunta Eloísa.

—¡Sí! Díganos. ¿Cuál es su historia? —pregunta Annita la tercera amiga.

—No fue la gran cosa —asegura Eloísa—. Coincidimos por… por una…

—Por una amiga en común, en un partido de Tigres contra Necaxa —miente Javier. Eloísa lo voltea a ver con los ojos pelados y la boca fruncida.

—Sí… Claro… —continúa Eloísa—, fuimos al partido con nuestra amiga en común… A…

—¡Alondra! Mi antigua compañera que conocí en un…

—¡En un retiro literario! Me contaste que se conocieron gracias a que ambos se inscribieron a un retiro literario durante el verano, para dedicarte cien por ciento a la escritura de tu novela. Es que ustedes no saben, pero mi Javier es escritor de novelas de ciencia ficción. Lleva años trabajando en su primer manuscrito y todavía no puede terminarlo. Dice que necesita ser perfecto antes de publicarlo.

—¡Claro! Y Eloísa tiene una extraña fascinación por los autores del boom latinoamericano que cuando se enteró que yo era escritor lo único que quería era conocerme.

—Ah… ya… *OK*… —dice Jacky muy poco convencida—. Y entonces, ¿por qué se conocieron en un partido de Tigres y Necaxa?

—Eeeeh. ¿Cómo fue…, amor mío? —pregunta Javier a Eloísa.

—Alondra…, nuestra amiga en común y yo, éramos animadoras del equipo de fútbol americano Auténticos de la UANL. Como parte de nuestra colaboración con la universidad, siempre nos daban boletos de cortesía para entrar a los partidos de la Copa MX, el torneo oficial disputado entre los clubes de fútbol soccer de México.

—Estoy seguro que conocen la Copa MX, amor. No es necesario el detalle.

—El punto es… —continuó Eloísa—. Alondra y yo conseguimos boletos gratis, y fue entonces que ella invitó a Javier al partido, aquella tarde de otoño.

—Y la vi por primera vez debajo de la estación del metro de Universidad —Javier toma la mano de Eloísa.

—Sí… Ambos llevábamos puesta la playera del Necaxa.

—La de Tigres, Eloísa, la de Tigres —le aprieta los dedos sin lastimar—. Con eso no se juega —dice susurrándole al oído fingiendo que besa su mejilla.

—Y el resto es historia. Ahora henos aquí disfrutando de Tulum juntos —dice Eloísa recargando su cabeza en el hombro de Javier.

—¿Y de qué trata tu novela, hijo? —pregunta la mujer mayor del grupo a Javier—. Mi marido y yo somos amantes de la lectura.

—Así es —contesta su esposo—. ¿Con qué autores te enamoraste de la literatura, hija? —le pregunta directamente a Eloísa.

—¡Oye, sí! —grita Jacky—. ¿Tu novela es de romance?

—Dijo ciencia ficción, estúpida —la corrige Annita—.

Será de vampiros o zombis.

—¿Qué eso no es horror o fantasía? —se mete Samantha—. En ese caso debe ser sobre el exterminio total del mundo o esas cosas.

—Yo estoy apunto de sacar un libro de cómo viajar sin gastar tanto —habla por primera vez en el viaje el joven de las cámaras.

—¡Y si mejor les cuento…! —grita Eloísa poniendo fin al revuelo de conversaciones. Por un instante se aprecia el sonido del mar—. Qué tal si mejor les cuento cómo este hombre me dio mi anillo de compromiso —dice abrazando a Javier por el brazo. Él voltea hacia Eloísa que tiene recargada la cabeza en su hombro.

—¡Sí! —gritan las tres jóvenes que se acomodan sobre el sillón.

Eloísa se endereza y pasa su húmedo cabello por detrás de las orejas. El delicado viento que produce el avanzar del yate la despeina de vuelta. Se mira el diamante sobre su dedo y a su mente llega el verdadero recuerdo del día de su compromiso. Acaricia la piedra con las poco arrugadas y mojadas yemas de sus dedos. El recuerdo la hace sonreír.

—Fue hace poco menos de un año, por estas fechas de verano. Esa tarde salí de la oficina muy cansada y estresada por la carga de trabajo que tuvimos. Tengo un compañero de oficina que es un dolooooooor de cabeza —voltea y mira a Javier—, pero es una muy buena persona —ambos se sonríen el uno al otro—. Sin ganas de hacer nada ni de ver a nadie, conduje hasta mi departamento con la intención de encerrarme y no salir hasta el siguiente día. Fue cuando recibí su llamada diciendo que algo importante había surgido en su trabajo, y que necesitaba de mi ayuda. Él… —dijo así omitiendo el nombre de Arturo—. Él trabajaba en ese entonces en un hotel de lujo en la ciudad de Monterrey llamado Plaza Real, en el hotel se encuentra un salón de eventos muy famoso llamado La Ventana M. Días antes, él me había contado que todo el staff estaba preparándose para recibir a un enorme grupo de personas, que viajaban de varias partes del mundo para asistir a un congreso en el hotel, un evento importantísimo a nivel internacional. El día que salí de la oficina y me llamó, me dijo que había olvidado en su casa una lista con todos los invitados confirmados a la cena de bienvenida. Me dijo que la lista era tan exclusiva que no se le permitía enviarla por correo a ninguna persona, así se evita la creación de duplicados de la misma, y sobre todo se restringe la entrada a personas que no poseen invitación. Las indicaciones de él fueron claras: arréglate como si fueras una de las invitadas y tráeme esa lista a la puerta del salón, nadie debía enterarse que la lista estaba extraviada. Y entonces lo hice, me arreglé lo más rápido que pude, me puse un vestido de noche que había comprado para la boda de una amiga, y salí de mi departamento rumbo a su casa por la dichosa lista. Al llegar me recibió su hermano, me entregó una carpeta azul con la supuesta lista de invitados, la abrí y era literal una lista de Excel con más de 200 nombres impresos. No perdí tiempo y me fui disparada hasta el hotel. No sé porque no noté desde antes que el estacionamiento del hotel estaba casi vacío. Bueno sigo, dejé mi auto aparcado y corrí con mis tacones puestos hasta la entrada del hotel donde me recibió una de sus compañeras de trabajo. Le di el nombre de mi novio y ella me hizo el favor de acompañarme hasta los elevadores. Me dijo que el evento se llevaría acabo en el salón Girasoles, en la segunda planta del edificio, que solo tenía que seguir la música. Cuando llegué al piso la escuché y supe que algo estaba pasando, era la canción que él y yo siempre poníamos en el carro, una canción de una de nuestras películas favoritas: *A million dreams,* de El Gran Showman. Y desde ese momento en automático me dejé llevar. El sonido de la melodía me fue atrayendo poco a poco hasta una enorme puerta con luces rosadas en su interior. Atravesé el umbral de la puerta y admiré todo alrededor, la entrada era un túnel de flores que fui cruzando sin dejar de caminar hacia enfrente, lo miré al final del camino parado en un elegante traje azul oscuro bajo luces turquesas. Cuando llegué frente a él se arrodilló ante mí, e hizo la pregunta. Yo de inmediato respondí. Apenas lo hice y chispas de pirotecnia se encendieron a nuestro alrededor iluminando el salón. Esperaba ver a su familia, amigos, a personas conocidas, pero éramos solo nosotros y dos compañeros de su trabajo que se habían encargado de la iluminación, y después disfrutamos de una cena en el restaurante del hotel.

—¡Ay! Me mueroooo —dijo Samantha—. ¡O sea que preparó todo eso solo para ti!

—Bueno… Para serles honesta, y no me da pena decirlo, ese mismo día por la mañana en el salón Girasoles hubo una despedida de soltera, las organizadoras habían decorado horas antes para el evento. Y como mi novio se encargaba de la logística de los eventos, supo que la decoración se quedaría instalada hasta el día siguiente, o sea: el túnel, las flores, la iluminación se quedaron instaladas, y aprovechó todo lo que tuvo a su alcance para organizar la pedida. Lo cual me pareció una idea súper inteligente porque se ahorró muchísimo dinero en producción. Y es que él siempre era así…

—Soy así, Eloísa —se apresuró a recordarle Javier que estaba hablando de él—. Soy así.

—¡Ah, sí! —dijo ella—. Me refiero a que… a que antes eras más detallista y ahorrador. Ahora muy apenas das las gracias y gastas el dinero en cosas que no necesitas.

—Sí... Tienes razón. Quisiera ser más como antes —dijo Javier pensando que en verdad quisiera ser más como Arturo.

—¿Y cómo supiste que él era el indicado? —preguntó Jacky a Eloísa.

Eloísa tomó la mano de Javier y se la acercó a su pecho.

—Él de pequeño creció únicamente con su madre, Silvia. Con su papá nunca tuvo mucha comunicación desde que los abandonó cuando él cumplió tres años. Con el tiempo, su madre conoció y se casó con su actual esposo; y con esa unión llegó su medio hermano, mi ahora cuñado —aprieta la mano de Javier—. Les cuento esto porque él, sin un vínculo de sangre que los uniera a los tres, llegó a querer a su nuevo padre como si fuera en verdad el suyo; y con su medio hermano tiene el más fuerte y tenso lazo fraternal, como si hubiesen nacido para estar juntos de por vida, y eso me dijo todo de él —Eloísa busca los ojos de Javier. Él la encuentra—. Supe que si pudo abrir su corazón desde muy joven a dos nuevos extraños, y quererlos como si fueran su familia, él podría amarme sin condición, y me haría parte de esa unión que atesora y cuida cada día. Porque ÉL hace eso. Cuidar de los suyos siempre, así tenga que poner su vida propia pendiendo de un hilo, aunque nadie se lo pida.

Hay más preguntas sobre la mesa que Eloísa y Javier contestan. Sus respuestas cargan una pizca de verdad, muchas otras nada. No les importa mentir a aquellos que son solo instantes en el viaje, la verdad que importaba ya fue expuesta. El yate continúa su curso junto con las historias de los otros pasajeros, como las experiencias de vida de la pareja mayor, un viaje que resalta la ausencia de hijos. Cada una de las tres jóvenes revelan felices que han conseguido trabajo, novio o maestría, travesías nuevas que se abren en sus viajes. El hombre de la cámara, que resulta ser colombiano, revela que tiene un videoblog sobre destinos turísticos en Latinoamérica, un motivador para que muchos enriquezcan la vida viajando.

Eloísa está recostada en el asiento trasero del auto que Javier conduce de regreso a Tulum. El aire acondicionado enfría la cabina con todos los vidrios del vehículo cerrados en alto. El sol de verano dejó su marca en el cuello enrojecido de Javier y le dio a Eloísa el tono moreno oscuro que tanto quería obtener en el viaje. Ambos se ríen de las historias que fueron inventando en yate y que van recapitulando mientras el auto avanza por la carretera bajo el atardecer enrojecido.

—Nunca me habían contado la historia completa de cómo se comprometieron. Recuerdo cuando Arturo me pidió que te diera la carpeta con invitados, pero no me dijo para qué era.

—Sí te la contamos Javier, se los dijimos a todos en una cena en tu casa. Pero, como siempre, no nos pusiste atención.

—¿Podrías contármela de nuevo?

—¿Qué cosa?

—La historia de su compromiso.

—¿La que ya conté en el yate?

—Sí.

—¿Por qué?

—Por…, favor —dice Javier con las palabras temblando en su boca. Eloísa se endereza y se acomoda en medio del asiento. Las miradas de ambos se encuentran en el espejo retrovisor del auto. Ella comienza.

Javier conduce en silencio escuchando a Eloísa hasta llevarla a su hotel. Aparca el vehículo en el estacionamiento, ambos bajan para luego caminar juntos hacia a la entrada. Las pasadas seis de la tarde se miran aún radiantes con el sol haciendo crecer sus sombras en el piso mientras se acercan al vestíbulo. De un paso largo, Javier se interpone en el andar de Eloísa mirándola de frente.

—Oye… No quiero estar solo esta noche.

Eloísa pone su mano en la mejilla izquierda de Javier acariciando su barba crecida.

—Vamos —le dice tomando su mano. Ambos entran por el vestíbulo y siguen el camino hasta la habitación de Eloísa.

El cansancio los manda de inmediato a recostarse en la cama matrimonial en medio de la habitación. Javier mira boca arriba las aspas del abanico de techo moviéndose lento encima de ambos. Acostada a su lado y sintiendo la brisa que entra de la ventana medio abierta, Eloísa mira a Javier de perfil. Él gira su cabeza y se da cuenta que es observado por ella, se acomoda también de lado. Ahora son los dos quienes se miran de frente con las almohadas bajo sus mejillas, rodeados por la luz natural del atardecer. Javier pasa su mano izquierda por el hombro derecho de Eloísa expuesto a la habitación, baja su mano por su cuerpo, Eloísa lo permite, Javier continúa bajando hasta que su mano siente la dureza de su cadera, la masajea con ternura por encima del vestido hasta sentir en la tela la corrugada piel. Bajo esos pliegues en el abdomen, unidos por las manos de un experto, se encuentra él. Una diminuta porción de Arturo que mantiene con vida a Eloísa. Ella coloca su mano encima de la de Javier.

—Eres todo lo que me queda de Arturo. No quiero perderte—dice Javier sin quitarle la mirada a Eloísa.

—Javier —Eloísa se sienta sobre la cama—, debo confesarte algo—. Javier también se sienta sobre las sábanas en silencio—. No sé si este sea el mejor momento, pero quiero que te enteres de mi propia voz antes de que lo sepas por alguien más... Mi plan continúa siendo el mismo de hace un año. Javier... Voy a irme de México.

DIECISÉIS

Resistencia. Rechazo. Reproche. Cualquier "re" que se eligiese podría explicar, de una u otra manera, como actuó el organismo de Eloísa ante los medicamentos de inmunosupresión. Su propio cuerpo se negaba a salvar lo mucho o poco que quedaba de ella, una enfermedad autoinmune muy aguda que no se pudo controlar. Según las pruebas de filtración glomerular Eloísa presentaba una insuficiencia renal grave, esto significaba que sus órganos realizaban muy poca filtración por minuto. Ante las negativas y las constantes malas nuevas, a Eloísa no le quedaron alternativas más que comenzar con una terapia de diálisis, donde se le realizaba una filtración mecánica de la sangre. Conectada a una máquina los días lunes, miércoles y viernes el aparato realizaba la función que sus propios riñones no podían, por medio de una osmosis, la cual se encargaba de captar las sustancias tóxicas y líquidos que se necesitan absorber de la sangre, y que sus riñones ya no eliminaban, para luego ser filtradas. Eloísa podría permanecer con un tratamiento de diálisis por años, aunque para ella no le resultaba una opción que terminara de encajar en el estilo de vida al que estaba tan acostumbrada. Con una duración de cuatro horas al día, sumando el tiempo extra de traslados al centro médico, el ingreso al hospital y recuperación, la diálisis consumía casi su día entero. Las salas de tratamiento se habían convertido en su segunda oficina temporal, llegando desde las nueve de la mañana y saliendo casi a las cuatro de la tarde, Eloísa trabajaba a distancia lunes, miércoles y viernes desde su laptop personal, y comía según las horas que se le permitiese. Comenzaba a normalizar el morado de los piquetes en sus brazos, por donde era conectada a la máquina, junto con la hinchazón que le dejaban al final de las terapias; a la segunda semana ya tenía identificada a la enfermera con la mano más liviana que administraba las líneas que extraen y devuelven la sangre a su cuerpo. A punto de comenzar su tercera semana en terapia de diálisis, Eloísa externó a sus círculos cercanos el giro repentino que había dado su vida sin esperar reacción o respuesta. Ella jamás buscó la atención. Repudiaba sentirse una carga. Su menor intención: generar lástima. Su madre, Luisiana, no pudo no prestarle atención, por lo que decidió visitarla los fines de semana, desde Torreón a Monterrey, para dar seguimiento de cerca a su estado de salud. Silvia se tomó con gusto la tarea de llamarla por teléfono durante sus tiempos en diálisis y externarle que estaba disponible si necesitaba ayuda adicional. Quien no ocultó su lástima fue Javier, que ahora solo veía a Eloísa entrar y salir de la oficina con una cara de fatiga permanente los días martes y jueves. La constante ausencia de Eloísa provocó en Javier la inquietud de encontrar una solución definitiva al tratamiento. Fue entonces que Arturo le explicó a su hermano la solución para evitar la terapia: trasplante de riñón. Antes del inicio de las terapias de diálisis, Eloísa entró en el proceso para ser candidata y entrar en la larga lista de espera para recibir un riñón. La primera parte del proceso era realizar una prueba de histocompatibilidad, pruebas de anticuerpos y tipo de sangre. Teniendo los resultados se crearía un ID con los anticuerpos de la paciente, que se mandarían al banco de trasplantes para así acomodar su perfil en las listas de espera según las categorías de compatibilidad. Para Javier lo que escuchó fue suficiente, la clave sería: paciencia. Pero en los millones de sueños que Arturo aguardaba con Eloísa no cabía aquella palabra, y su deseo de verla alejada de aquella máquina extractora fue quien lo motivó a compartir su radical decisión a su familia: investigar si sería candidato para donar a Eloísa uno de sus riñones. Las reacciones de preocupación ante la posibilidad de que el trasplante fuera un hecho se externaron al momento. Silvia y su esposo mostraron su inconformidad al principio, pero en su primera visita a Eloísa, durante una terapia de diálisis, cambiaron casi al instante su parecer. Y es que el girar de las máquinas bombeando, limpiando y regresado la sangre al cuerpo de Eloísa, les trajo a la mente los más de doce años que habían compartido junto a esa mujer que veían como parte de su familia, y que en algunos meses se casaría con Arturo. No podían nublarle a su hijo el deseo de vivir por siempre a su lado. Así que no solamente Arturo entró en el proceso de compatibilidad para donar un riñón, Silvia y su esposo se apuntaron como alternativa para darle una segunda oportunidad de vida a Eloísa. Un gesto que Luisiana, la madre de Eloísa, agradeció con lágrimas en los ojos al ella enterarse que no era candidata para salvar a su propia sangre. Caso contrario a Javier que, por el miedo consumiendo su ser, no quiso entrar en el bucle de si podría o no ser candidato a que le extirparan sus adentros, simplemente no. Ante la negativa y sin saber que su hermano intentaba sensibilizarle, Arturo le pidió a Javier que acompañara a Eloísa en una de sus terapias. Él accedió. Javier llegó al hospital cargando una mochila en la espalda con su computadora portátil para trabajar a distancia con su compañero Rubén, que contestaba sus correos y mensajes desde las oficinas corporativas de Grupo Arámbula. Sentado en una silla al lado de la cama donde se encontraba Eloísa, Javier miró como la enfermera insertaba las agujas en el brazo de ella, esa escena le causó muchísimo menos ansiedad a Javier que la otra visita de ese mismo día. Vistiendo un suéter ajustado color azul, pantalones oscuros y una negra bufanda cubriéndole la mayor parte del pecho es como Javier vio llegar a Yolanda, casi no la reconoce por su ahora cabellera semirrubia asomándose desde la raíz hasta tornarse del rojizo que Yolanda se tiñó por más de ocho años. La razón del descuido en su cabeza no había sido la falta de tiempo para asistir al salón a realizarse el retoque, sino por la recomendación de no utilizar químicos en el cabello durante el primer trimestre de gestación, un embarazo que ya se le notaba debajo de aquel suéter azul que se expandía por el área del vientre. Y es que Javier llevaba al menos cinco meses de no verla, desde que se concretó el último encuentro entre ambos, donde Yolanda decidió poner un alto a sus deseos y ser fiel a su matrimonio. Y cinco meses después de eso, sus miradas se encontraron en el mismo hospital a la hora exacta, contrario a sus voces que se escucharon en una ocasión al teléfono semanas antes, el día que ella le rogó a Javier que ya no la buscara más, y confesó que esperaba un hijo de Hiram. Los ojos de Javier pudieron confirmar en el hospital lo que aquella voz afirmó. Javier se levantó de su silla, en medio de la terapia de diálisis, para cederle su lugar a la embarazada y que en total comodidad acompañara a Eloísa. Ambas mujeres llevaban casi un entero año de no verse a la cara. Las diferencias entre la una y la otra fueron quienes las habían distanciado: pocos o ningún amigo en común, parejas que no se soportaban la una a la otra, la eterna disputa de cómo se debe o no tratar a Javier. Sus personalidades opuestas en casi cualquier sentido. Eloísa colocó su mano sobre el vientre de Yolanda, casi pudo sentir el movimiento del pequeño ser que crecía en ella y con lágrimas en los ojos preguntó por su futuro nombre. "Me gusta: Eloísa", le confesó Yolanda colocando su mano encima de los dedos de su amiga, ambas acariciaron su vientre al mismo tiempo. Eloísa rogó que no sintiera lástima por ella, que había miles de nombres mejores que ese, pero Yolanda admitió tajante que el nombre no era caridad, que siempre le había gustado desde que la conoció a ella hace más de quince años. De todas formas era demasiado pronto para decidir, puesto que todavía ni la madre conocía el sexo de su futuro bebé. Yolanda pasó su mirada por la máquina a la que su amiga estaba conectada, en más de una ocasión la enfermera llegó a acercarse para monitorear su funcionamiento. Al casi finalizar la sesión, Yolanda compartió a Eloísa el mensaje que había recibido de Arturo, un texto que invitaba a los círculos cercanos a realizarse las pruebas necesarias para ver si eran o no candidatos a realizar un trasplante de riñón compatible con la paciente. Eloísa notó las lágrimas saliendo de Yolanda y la tomó por las manos. Yolanda confesó su miedo de intentarlo y de salir positiva, porque no se creía capaz de hacer algo de tal magnitud. Su amiga Eloísa le metió una bofetada en broma a Yolanda, y le recordó que lo importante no era salvarle la vida, sino dársela a quien crecía dentro de ella. Con un último abrazo, Yolanda se despidió de Eloísa prometiendo volver a visitarla y se dirigió hacia la salida por las puertas corredizas del hospital. Al cruzarlas se encontró a Javier, él sentado en una banca afuera del hospital con la mirada fija en el celular. Sin intención de dirigirle la palabra, Yolanda caminó firme a su lado. Él la había observado desde que salió del edificio, fingió ignorar su presencia cargando el dolor de sus recuerdos hasta que no pudo más, se acercó a ella para hacerle la pregunta de nuevo: "¿Ese hijo es mío?". Ella le dejo claro que nada dentro de ella era de él, ni de ningún otro hombre, y lo dejó hablando solo mientras ella abandonó el lugar. Javier entró de nuevo al hospital y esperó a que terminaran los últimos minutos de terapia, miró a Eloísa levantarse despacio de la cama, la ayudó a dar los primeros pasos y juntos abandonaron la sala. Pero aun así, al acompañarla y verla en su proceso, la decisión de Javier no había cambiado, él no estaba dispuesto a posicionarse como candidato a donante. Lo que no fue necesario, porque al término de la tercera semana de terapia de diálisis, los resultados del laboratorio habían llegado a manos de los candidatos.

Y lo encontraron... Un riñón para Eloísa.

¡Descuento a la vista %!

APRECIA VIAJES <discover@apreciaviajes.com>

4 agosto 2022, 9:00

¡Buen día, Sr. Javier!

Gracias por formar parte de la experiencia en yate de la mano
de **Riviera Experiences**

En Aprecia Viajes nos importa mucho tu opinión.

¿Qué tal ha sido tu experiencia en yate?

☆　　☆　　☆　　☆　　☆

Pésima　　Mala　　Aceptable　　Buena　　Excelente

Te invitamos a que sigas disfrutando de Tulum.

Envía tu opinión, ¡y recibe un **10% de descuento** en tu
consumo total en **Prisma Beach Club**!

❀

Recibirás el cupón de descuento a tu correo.
Muestra el código al ingresar al establecimiento para validarlo.

DIECISIETE

Javier es el primer huésped en pisar el restaurante del hotel. Ha llegado incluso antes de que los rayos del sol entren por la pared de vidrio con vista a la playa. Tiene aguantándose el hambre desde que se despertó al lado de Eloísa pasadas las cuatro de la mañana, con el viento entrando del balcón y los ronquidos de ella a volumen máximo. Las horas bajo el sol, en el paseo en yate del día anterior, los dejaron tan rendidos sobre la cama que hasta la cena fue remplazada por el profundo sueño que ambos compartieron. Ahora da tres agigantados mordiscos a la sencilla barra de pan en sus dedos luego de untarle mantequilla, bebe a traguitos el café recién vertido en su taza sobre la mesa, y comienza a devorar el huevo revuelto a la mexicana en su plato. Minutos después mira a otras personas llegar al restaurante, entre ellas Eloísa, que lleva puesto el mismo vestido amarillo del día anterior, su enmarañado cabello está tieso por el exceso de mar y la falta de importancia. Eloísa se sienta frente a Javier, los dos se sonríen el uno al otro mientras un mesero vierte café en la taza de Eloísa.

—Dormí como si no existiera mañana —dice Eloísa con la taza en la mano—. Es la primera noche de este viaje que puedo conciliar el sueño. Bueno, en realidad la primera de muchísimas noches que han pasado desde que pasó lo de tu hermano. Y es todo gracias a ti.

—¿Yo? ¿Por qué? No hice otra cosa más que dormir contigo en la misma cama. ¡Y jamás en la vida pensé decir eso!

—Por eso mismo. No se cómo explicarlo, pero teniéndote a mi lado lo sentí a él más cerca de mí. Algo que no había pasado nunca. Incluso con todas sus cosas que cargo en la maleta no siento que él esté en ellas, pero en ti sí que lo encontré. Estaba con nosotros en la habitación. ¿Tú no lo sentiste?

Javier continuó comiendo en silencio y sin responder, consciente de que Arturo en cierto modo sí estaba presente en la habitación, mas no como lo percibía Eloísa, sino que parte de Arturo literalmente se encontraba dentro de ella, y si el plan de Eloísa era irse de México a finales del presente año, como se lo confesó la noche anterior, significaría que Arturo terminaría de marcharse para siempre de su vida, algo que Javier quería evitar, por lo que sus interacciones con Eloísa ese día se concentrarían en demostrarle que como México no existen dos. Millones son las razones para quedarse. Y él tiene la indicada.

El estómago de Javier no puede recibir otro bocado, Eloísa se terminó su plato con fruta desde hace más de quince minutos, así que ambos se levantan de la mesa para regresar a la habitación. Eloísa entra en la regadera para prestarle algo de atención a ese pajar sobre su cabeza y limpiarse el salado cuerpo. Sentado en la cama con su celular conectado a la corriente de carga, Javier escucha caer el agua de la regadera . Dedica unos minutos a ver videos en YouTube sobre lugares turísticos para visitar en Tulum y alrededores, cuando recibe un correo de la agencia Aprecia Viajes ofreciendo un descuento especial para asistir a un club de playa, solo necesita contestar y enviar una evaluación. Luego de calificar su experiencia como "excelente", recibe un cupón electrónico del 10% de descuento para canjearlo en Prisma Beach Club. Escucha la puerta del baño abrirse con Eloísa envuelta en una blanca bata de baño, la ve acerándose a su maleta.

—¿Quieres bajar a la alberca o ir a la playa? —le pregunta Eloísa—. Tengo dos trajes de baño que todavía no estreno. Y ya que estás aquí podrías ayudar y tomarme una foto bonita para mandársela a mi mamá, todos los días me pide fotos del viaje y sobre lo qué estoy haciendo.

—Entonces, ¿quieres estrenar traje de baño y tomarte

fotos para que lo vea tu mamá?

—Ya sabes que no soy de redes sociales. Y tengo un bañador especial que sí me salió un poco caro. O sabes qué, ¡olvida la foto! Me hago una en el espejo y listo.

—¡No, no! Mejor póntelo y vamos a este club de playa aquí en Tulum. Ya hasta tengo un descuento y todo. Se llama Prisma Beach Club.

—¿Club de playa? Ay, no sé, Javier. ¿No es tú último día aquí en Tulum? ¿No prefieres pasarlo en la comodidad del hotel?

—Por eso mismo hay que ir, *Lois*. Es mí último día. Aparte, ¡me lo debes! Fuiste tú quien me llevó a la fuerza al paseo en yate, que al final sí me gustó. ¿Entonces qué? ¿Vamos? —Eloísa no contesta, se queda mirando su reflejo en el espejo pegado en la pared de la habitación—. ¡Anda, Eloísa! Dime ya, para organizar el tiempo e irme a arreglar a mi hotel, toda mi ropa la tengo allá.

—Oye, es verdad —dice Eloísa con una sonrisa en los labios—. Pues este es el trato —dice acercándose a la cama junto a Javier—, iremos a ese club de playa, ¡pero! Tienes que irte vestido con lo que llevo en la maleta, o sea con la ropa que empaqué de tu hermano. No quiero sentir que cargué y pagué el peso extra por nada. Quiero que por lo menos algunas de sus prendas salgan a divertirse en este viaje.

—¿Qué? No, no, no. No me quiero poner la ropa de Arturo. ¡Yo también traje ropa para lucirla! Y vaya que me costó.

—¡Justo de eso se trata! Vamos a ir a ese club de playa, y tú me tendrás que demostrar que puedes ir a un lugar sin necesidad de querer llamar la atención de todos, ni de pretender poseer las perlas de la vida.

Javier se levanta de la cama cruzado de brazos y se acerca a la maleta de Eloísa, mira algunas prendas de Arturo dentro de la maleta. Si quiere demostrar a Eloísa que quedarse en México es mejor opción que irse, debe enseñarle primero que él puede dejar su pretensión de lado.

—Tenemos un trato. Yo me visto con estos trapos y tú vienes conmigo.

—¡Excelente! —grita Eloísa—. Ahora lo que sigue. En el hotel hay un servicio de peinado y maquillaje, voy a ir a que me corten las puntas del cabello, luego regresaré aquí a la habitación para arreglarme. Tú por lo pronto vístete aquí. Cuando termines, espérarme en el lobby del hotel, así me regalas algo de privacidad. ¿De acuerdo?

"Así deben sentirse los reptiles al cambiar de piel: incómodos y desbordándose de vergüenza", piensa Javier sentado en vestíbulo del hotel con la ropa de Arturo puesta. Sus camisas de lino, que acostumbra llevar desabotonadas sobre el pecho, han sido remplazadas por una playera negra de manga corta; y sus bermudas en colores claros las ha cambiado por un short de mezclilla de tono oscuro; lleva puestas sus mismas sandalias cafés con revestimiento de piel y base interior de corcho, esto ante su negativa de usar las chanclas de goma que Eloísa empacó para Arturo. A pesar de su inconformidad con el *look*, Javier siente que hace lo correcto para demostrar a Eloísa que todo puede cambiar…, hasta las decisiones. En su espera se levanta hacia el bar de la entrada y pide una cerveza, se sienta en uno de los bancos largos dando la espalda a la barra de bebidas. Pasa la hora entretenido viendo el entrar y salir de personas del hotel, en su celular manda mensajes a Rubén, que sigue en sus labores de oficina, preguntando si necesita ayuda con algo. Rubén no le responde. Javier se pide otra bebida y pone especial atención en una mujer morena que se aproxima hacia él. Lleva un tapado de playa de tela transparente color blanco que cubre como una capa su cuerpo; debajo del tapado se puede ver su traje de baño color negro de una sola pieza; el bañador deja al descubierto su piel por encima del ombligo pasando por la curvatura de los pechos hasta los hombros, su brazos van al aire igual que sus piernas. Más de cerca Javier puede verla maquillada. Sus ojos están decorados con una sombra dorada similar al color de sus labios; en su frente tiene pegados cuatro cristalitos brillantes en forma de rombo, que unidos forman un rombo más grande; debajo de ambas cejas también brillan pequeños cristales circulares adheridos por encima de sus párpados.

—¡¿Qué te hiciste?! —pregunta Javier a Eloísa.

—¿Te gusta? —dice Eloísa dando una vuelta para que Javier vea también su peinado. El desastroso cabello de esa mañana ahora es una larga trenza que comienza por encima de su frente y termina a mitad de la espalda. A lo largo del pelo lleva incrustados pines dorados en forma de flores.

—¡Peeeero! ¡A mí me pusiste la ropa de Arturo!

—Sí… Pero nunca dije que yo no me iba a arreglar. Aquí en el hotel tienen servicio de maquillaje y peinado, así que lo aproveché. ¡Mira el lado positivo! Combinamos en el color negro de la ropa… ¿Nos vamos ya?

Javier conduce por la angosta carretera que conecta todos los hoteles y clubs de playa que se unen al mar. Un corto viaje de diez minutos es suficiente para que ambos miren la entrada del Prisma Beach Club, decorado con nada más que vegetación natural por encima de las palapas de palma. El valet parking los recibe a las afueras de la entrada del establecimiento. Un joven abre la puerta a Eloísa y amable ofrece su mano para ayudarla a salir del auto mientras Javier hace entrega de las llaves al personal del estacionamiento. Ambos se acercan al marco de la entrada, una estructura de madera y palos de bambú que unidos van formando un enorme prisma triangular al que pueden ingresar, mientras sienten la música electrónica entrar por sus oídos. Los recibe una mujer vestida con un traje de baño color beige oscuro, debajo de una blusa y pantalones blancos de tela transparente. Al no tener reservación previa, la chica manda a Javier y Eloísa a una de las camas disponibles en el área de la playa, en el camino les comparte que las palapas más solicitadas son las que están a un costado de la alberca principal con acceso a la playa, en ellas Eloísa mira a un grupo de mujeres sentadas en círculo con una botella de champán sobre una mesa rectangular, pareciera que todas fueron sacadas de distintos perfiles de Instagram con miles de seguidores. Los pies de ambos se empanizan de la arena blanca al llegar a su cama de playa, cubierta por un manto blanco por encima de los postes que se levantan en cada esquina, a un lado se encuentra una pequeña mesita con el menú del restaurante; Javier le pide a la joven una cerveza Trono sin consultar el menú, Eloísa por el contrario se espera y da una pequeña ojeada al papel. Con un amable "Bienvenidos a Prisma Beach Club", la mujer se retira. Eloísa y Javier se recuestan en la cama frente al mar.

—¿Te diste cuenta que acabas de pedir una cerveza de ciento setenta pesos? —lo aproximado a 9 dólares—. ¡¿Y qué les pasa con la comida?! —dice Eloísa entregando el menú a Javier—. Una hamburguesa de res, ¡a treinta y cinco dólares!

—Los precios es parte de lo que da categoría al lugar. Todo aquí está decorado para dar una vibra multisensorial: el sonido de la música, la vista hacia el mar, la cama relajante, la exquisita comida, el olor a playa.

—¡Y la cartera vacía sobre todo! ¿De verdad queremos estar aquí?

—Tú dime, ¿no fue la razón por la cual te arreglaste tan extravagante?

—Yo me arreglé para mí, no para encajar con el lugar o la vibra "multisensorial". O… ¿acaso para eso querías irte a tu hotel? ¿Para arreglarte con tu ropa cara y encajar?

—Pfff… Por favor… Yo… Bueno… ¿Entonces qué? ¿Quieres irte?

—No, ya estamos aquí. Te puedo acompañar pidiendo un platillo excesivamente caro. Pero de algo estoy segura, no extrañaré venir a este lugar para nada.

Javier mira a un joven trayendo su cerveza en botella, ocho veces más cara de lo que costaría en el supermercado de la esquina de su casa; y si pidiera otra cerveza, el gasto sería igual a comprar un empaque con veinticuatro botellas. Ahí se da cuenta del excesivo gasto innecesario, más sabiendo que en el hotel tienen servicio todo incluido. Y lo peor de todo, Eloísa no extrañaría esa experiencia de México.

—¡Pues vámonos de aquí! —le dice Javier levantándose de la cama de playa.

—¿Quéééé? —pregunta dudosa de que Javier lo diga en serio—. Este lugar es muuuuy de tu estilo, Javier. Acabamos de llegar. ¿Te quieres ir?

—¿Tú quieres pagar una cuenta con billetes de cien dólares? —pregunta Javier. Eloísa se levanta de la cama.

—Saca el cupón con el diez porciento de descuento, paga tu cerveza, ¡Y fuga! —dice Eloísa con los pies bien puestos sobre la arena.

De vuelta al volante, Javier conduce sin plan ni dirección. Los vidrios del auto están bajados permitiendo que Eloísa saque su mano al calor de medio día. La carretera rodeada de verde los guía sin darles ideas de su próximo destino.

—¿Qué quieres hacer? —pregunta Javier—. ¿Regresamos al hotel?

—Me da igual. Lo que sí quiero es: una michelada. Eso es lo voy a extrañar en el extranjero. Cuando sales de México nada es exactamente igual por mucho que lo intenten copiar. No hay ese saborcito especial en los tacos, el picor de las salsas verde o roja no es el mismo, y se extraña el olor a humo de la carne asada mientras se escuchan corridos en la bocina. Eso SÍ es una experiencia multisensorial.

Una intersección vial aparece en la carretera con un letrero en alto: *CENTRO DE TULUM a 5 kilómetros*. Javier reconoce el camino que cruzó por primera vez al llegar a la

Riviera Maya. Los recuerdos de ese día se le vienen a la mente. De inicio, el viaje no tenía motivo distinto que escupir a Eloísa su enojo por ser la culpable de la muerte de Arturo. Ahora voltea a su izquierda y la mira sentada a su lado, feliz de tenerla con él, agradecido con Arturo de que ella esté viva. Y sabe que si hubieran sido los riñones de él, de Silvia, de su padre, de Darío, o de la tía Tere, Arturo se entregaría dispuesto a darles una segunda oportunidad, porque así era Arturo. Javier lo supo desde pequeño en aquel terreno baldío, cuando a días de conocerse fue Arturo quien lo defendió de aquel grupo de niños; el que lo protegió de adulto, hasta el último día de su vida. La vida que ha regalado a Eloísa.

—Ahora que lo pienso, yo conozco un lugar aquí en Tulum donde hacen micheladas buenísimas —dice Javier girando el volante hacia el centro de Tulum.

Sus memorias son quienes lo guían por kilómetros y entre calles de la comunidad caribeña hasta el puesto de pollos asados que encontró por accidente el día de su llegada. No recuerda el aspecto del señor que le ofreció indicaciones para llegar a su hotel, pero sí reconoce la *humadera* que sale del vivo fogón a la intemperie. Estaciona el auto al otro lado de la calle, frente a una pared blanca malgastada y con enormes letras pintadas en distintos colores apoyando a un partido político: *VOTA POR MARIA ANTONIETA*. Bajo la palapa construida con techo de lámina se encuentran varias mesas y sillas en donde Eloísa y Javier se acomodan. La mesera se acerca para ofrecerles algo de beber. Eloísa pide su tan deseada michelada.

—Son las mejores de aquí de Tulum. Ya lo verán —dice la joven antes de alejarse.

Javier mira las opciones de comida impresas en un menú de lona colgado en un costado de la palapa.

—¿Qué puedes comer de aquí? —pregunta Javier—. Oye, por cierto, ¿puedes tomarte la michelada?

—Puedo disfrutar de las cosas muy de vez en cuando.

Hasta ahora no he tenido problemas con mi salud después de la operación, en parte es porque me mantengo activa y cuido muchísimo mi alimentación, pero si tengo oportunidad de llevarme un placer a la boca, tan solo una pequeña vez en la semana, lo hago muy feliz.

—O sea, puedes comer de todo pero con limitaciones.

—Hmmm… Yo no diría "limitaciones"… Más bien decido que no existan limitantes en mí día a día siguiendo mi propia filosofía de vida: sacrificar momentos insignificantes para regocijarse en el indicado.

—Me perdiste en: sacrificar momentos.

—Lo que quiero dar a entender, Javier, es: yo no puedo darme el lujo de comer las cosas que quiera, y vivo en constante cuidado de mí misma, así que elijo qué momentos valen la pena ser disfrutados; pude haber pedido una michelada durante toda la semana en el hotel y bebérmela por mi cuenta, en cambio preferí sacrificar el insignificante antojo y esperar el momento indicado, y ese momento es ahora: una michelada en tu compañía. Después de lo que ha pasado me di cuenta que la frase "somos instantes en la vida", es muy cierta, y yo quiero extender y vivir los instantes al máximo. El viaje de la vida es cortísimo, nadie lo tiene asegurado, mucho menos yo, porque así como mis riñones fallaron hace un año el que tengo podría irse también.

—¿Perdón? —pregunta Javier abriendo los ojos.

La joven del restaurante llega con dos pequeños tarros bañados con chamoy y chile tajín por el borde superior. El color oro de la cerveza se ha tornado de un rojo tomate que hace salivar a Eloísa cuando su bebida toca la mesa, ella acerca sus labios al popote que sobresale del vaso y da el primer sorbo.

—¡Ooooh! ¡Está riquísimaaaaa! ¿Qué le ponen? —pregunta Eloísa a la joven.

—Es la receta de la casa, pero el secreto que sí puedo decir es que lleva unas gotas de salsa tabasco. ¿Gustan algo de comer?

—Sí, te pediremos un pollo asado para compartir —le contesta ella y la joven se retira.

Javier observa a Eloísa dando pequeños sorbos a su bebida. Siente la necesidad de retirarle el tarro de enfrente luego de escuchar que su mal amenaza con ser eterno.

—Eloísa. ¿Cómo es eso que tu riñón puede dejar de funcionar?

—Tranquilo.

—¡No! Ningún tranquilo. ¿Tienes riesgo de volver a padecer lo mismo y de todos modos quieres irte del país?

—Cada operación tiene sus riesgos y sus cuidados. Lo que padecí fue una enfermedad autoinmune, mi propio cuerpo se encargó de atacar a las células que me mantienen viva, entonces sí, cabe la posibilidad que pase lo mismo con el nuevo órgano, pero no es un hecho.

—A ver, y..., ¿Arturo lo sabía?

—Arturo lo supo desde siempre. Él fue quien me acompañó a cada chequeo médico antes de la operación, en donde se nos dio a ambos la información de todo lo que conllevaba el trasplante, incluyendo sus riesgos.

—Pero... Eloísa, ¿te das cuenta que deberías quedarte en México? ¿A quién tienes en el extranjero para que cuide de ti si esto regresa? Yo... Tengo que decirte...

—¿Y no has pensado en mí? —lo interrumpe—. ¿En qué quiere Eloísa? Javier... Te lo juro que es una bendición para mí levantarme cada día y ver que sigo viva, que no me siento mal, que puedo al menos levantarme de la cama sin necesidad de visitar un hospital por más de cuatro horas al día. Hoy que mi cuerpo funciona quiero usarlo de las mil maneras que sea posible. Quiero que mis ojos vean todos los rincones posibles del mundo; que mis manos toquen la nieve en Noruega, mis pies la arena en Marruecos, mi cuerpo entero sumergirlo en una playa en Tailandia. No sé si llegue a todos esos lugares, pero hoy tengo la oportunidad de irme a Inglaterra con el apoyo de un trabajo, sería una tonta si no lo aprovechara, porque cabe la probabilidad que en uno o dos años vuelva a decaer —Eloísa extiende sus manos sobre la mesa con las palmas hacia arriba—. Dame tus manos —le dice a Javier y él pone su mano derecha entre los dedos de Eloísa—. He dejado pasar muchos momentos en mi vida para concentrarme en el indicado, y dentro de mí sé que por fin ha llegado.

—Sí…, como nuestro pollo asado —contesta Javier mirando a la joven traer la comida a la mesa.

Los siguientes minutos pasan sin mucha interacción entre ambos mientras se comen por piezas el pollo: "está rico", "¿quieres salsa?", "voy a pedir un refresco, ¿quieres uno?". La conversación vuelve a extenderse cuando Eloísa pregunta:

—¿Habrá un cenote cercano que podamos ir a conocer? —no se da cuenta que la joven mesera está detrás de ella.

—¡Sí, amiga! —dice ella acercándose a la mesa—. Si suben derecho por la carretera Chemax-Coba pueden encontrar varios que son turísticos. ¡Pero! Les recomiendo que vayan mejor al cenote llamado La Catrina y pregunten por Horacio, aquí le decimos *El primo*. Díganle que digo yo, Carola, que los lleve al Ojo Azul.

—¿Qué es el Ojo Azul? —pregunta Javier.

—Es un cenote hermoso que no está abierto a todo el público, se tiene que caminar mucho por entre las ramas y un camino empedrado para llegar. Lo encuentras solo si conoces bien la zona. Yo se los recomiendo.

—Y… ¿Horacio nos llevaría si se lo pedimos? —pregunta Eloísa.

—Ese Horacio haría de todo si yo se lo pido —dice Carola sonriente.

Horacio va liderando el caminando con un machete en mano retirando las ramas y hojas que estorban en su andar. Javier lleva más de la mitad del recorrido rascándose la cara y los brazos por el picoteo de mosquitos. Eloísa va detrás de ambos. En el cenote turístico La Catrina, por petición de Carola, Horacio ya estaba preparado para llevarlos al nuevo destino, primero negado a recibir la propina en efectivo que Eloísa le ofreció al conocerlo, Javier le pidió que la aceptara o que también se negarían a visitar el cenote Ojo Azul. Luego de media hora de camino entre la selva, como si fuera una cortina de teatro revelando una escenografía de alta producción, Horacio retira las enormes hojas de varias plantas en conjunto y aparece ante ellos el cristalino pozo natural de agua entre la bella naturaleza. Sus paredes rocosas bajan al menos tres metros antes de que el agua se extienda sobre su fondo. Un grupo de cuatro personas están sentados sobre la orilla del cenote con los pies volando en el vacío. Horacio les comenta que esperará una hora antes de emprender el regreso juntos, y los invita a sentarse cerca del cenote o incluso nadar dentro, hay una larga escalera de madera pegada en la pared rocosa que los ayudará a subir una vez que decidan salir.

—Esto es hermoso, Javier. Mucho mejor que ese club de playa.

—Sabes qué…, concuerdo contigo —dice escuchando el silencio de la calma.

El sol calienta sus cabezas sobre ese círculo de agua mientras ambos se acercan a la orilla del cenote. Se nota el fondo entre el color azul/verdoso del agua, sobre ella flotan varias hojas de las plantas que han caído dentro del hoyo. Eloísa se sienta en la orilla y mira a Javier parado en el borde despojándose se sus prendas hasta quedar en ropa interior.

—¿Qué haces? —pregunta Eloísa antes de que Javier se lance a la profundidad de las tibias aguas.

Ella lo mira asomada desde arriba y lo ve sumergido explorando cada rincón. Javier sale a la superficie y deja que su cuerpo flote en medio del círculo natural. Luego de unos minutos se acerca a la escalera de madera para subir hasta donde Eloísa. Húmedo se sienta a su lado y deja que el calor natural de la atmósfera lo seque.

—¿Cómo está el agua?

—Ideal, como para quedarse adentro y no salir.

Ambos miran al grupo de cuatro personas dar clavados dentro, incluso una de ellas se toma su tiempo para realizar una sesión de yoga a orillas del cenote. Javier los ve y luego se gira hacia Eloísa que tiene la cara apuntando al sol con los ojos cerrados.

—*Lois*, ¿hay manera que cambies de opinión? ¿Hay posibilidad de que te quedes en México?

Eloísa lo mira. Con delicadeza se quita su anillo de compromiso y lo muestra a Javier.

—Mira…, ¿puedes leer lo que dice en el grabado por dentro?

Javier lo toma entre sus dedos acercándolo a sus ojos y lee: *Millón de sueños.*

—Esta es…, la canción que pusieron cuando te entregó el anillo, ¿no?

—Arturo y yo nos la pasábamos pensando siempre en el futuro, en los sueños que íbamos a cumplir. Teníamos tanta ilusión de vivirlos juntos. Cuando inició mi problema, vimos como nuestros sueños se fueron desmoronando uno por uno. Pero no nos "caímos" ni perdimos esperanzas de cumplirlos, construiríamos nuevos sueños desde cero. Y así fue que lo decidimos, ambos acordamos en seguir adelante con el trasplante. De inicio yo no quería, Javier. Mi plan inicial era entrar a un tratamiento paliativo. Es decir, al no sanar la única meta del proceso es tratar de darme una buena calidad de vida. Estaba dispuesta a tener tratamientos para el dolor, terapias físicas y psicológicas, entrar a rehabilitación, hasta que me llegara la hora de partir. Javier…, yo no quería el trasplante de riñón. Pero Arturo me insistió. Me recordó los sueños que teníamos por delante, los sueños que había por cumplir, los millones de sueños que viviríamos juntos. Y así fue… Si me voy al extranjero es para cumplir lo que Arturo y yo creíamos era lo correcto. Cumplir la mayor cantidad de sueños que mi cuerpo me permita, así sea solo uno, cinco, cincuenta, mil...

—O un millón de sueños —dice Javier mirando de nuevo el grabado antes de devolver el anillo a manos de Eloísa—. ¿Eso es lo que quieres?

—Sí. Eso quiero.

—Eloísa... Prométeme algo... Prométeme que no dejaremos de hablar.

—¡No seas tonto, Javier! Jamás dejaremos de hablar. ¡Somos familia!

Javier pasa su brazo derecho por encima de los hombros de Eloísa. Ambos se abrazan mirando el agua bajo sus pies.

—Te voy a extrañar muchísimo —confiesa Javier apretándola con sus brazos—. Y tengo miedo.

—¿Miedo?

—Tengo miedo de quedarme solo conmigo mismo. No me conozco sin Arturo y sin ti a mi lado. ¿Quién soy? ¿Qué es lo que quiero?

—Eso te tocará descubrirlo por tu cuenta, Javier. Pero no me preocupo, sé que lo vas a encontrar.

—Claro que no, no soy tenaz como tú, ni tampoco me creo capaz de cambiar. Un viaje no me transformará mágicamente.

—Javier, mírate. Llevas la ropa de Arturo puesta y nada te pasó; en lugar de ir a un sobrevalorado club de playa terminamos comiendo pollo en una fonda local; y aceptamos venir con un desconocido a este hermoso lugar; cosas que normalmente no harías con tal de no salirte de tus costumbres. Lo único que te impide descubrir quién eres y lo que quieres, ¡eres tú! No digo que será fácil, pero tienes la vida por delante para descubrirlo, equivocarte y volverlo a intentar. ¡Aprovecha la vida al máximo! Hazlo por ti. Y sobre todo, hazlo porque hay personas como yo que no contamos con el privilegio del tiempo. Personas que vivimos un día a la vez.

Javier y Eloísa se quedan en silencio durante al menos tres minutos mientras las otras personas en el cenote se retiran del lugar entre las ramas. Javier toca el hombro de Eloísa.

—En ese caso, ¡aprovechemos este día! Por eso hicimos este viaje, ¿no?

Ambos se levantan y se quedan parados en la orilla del cenote. Eloísa se despoja del tapado de playa que cubre su cuerpo quedándose solo en traje de baño. Tomados de las manos cuentan hasta tres, esta vez ambos entran en el agua. Sin soltarse de las manos, los dos flotan en la superficie con la cara hacia el cielo sintiendo el picor del sol que esperan brille para ellos mañana, como Arturo brilló para ellos cada día.

DIECIOCHO

Decidir el riñón que sería donado no fue tarea del azar. La mayoría de las veces los urólogos determinan que la mejor opción es retirar el riñón izquierdo del donante; no es que el o la cirujana hayan nacido zurdos, sino que el cuerpo humano por naturaleza tiene menos estructuras en esa área, comparado con su lado opuesto. El riñón derecho vive rodeado del hígado, la vesícula, la vena porta; el riñón izquierdo no disfruta de tal compañía, eso facilita que el cirujano pueda sacarlo sin molestar a otros habitantes del cuerpo. Entonces fue el lado izquierdo. Se hizo una incisión entre las costillas y una abertura de casi veinte centímetros con un aparato mecánico. El cirujano entró por el tórax abriendo el diafragma, que es el músculo que nos ayuda a respirar dividiendo el tórax y el abdomen. Un órgano que se vio invadido fue el pulmón, ya que la abertura hizo que se colapsara para dar espacio a la operación. El urólogo entró separando el diafragma y liberando la cortina llamada peritoneo que divide el abdomen en dos áreas: peritoneal y retroperitoneal. En la parte peritoneal se encontraron los intestinos del paciente. En la retroperitoneal, por la parte trasera cubierto por la cápsula de pared del peritoneo y una cápsula de grasa, se encontraba protegido y aislado el riñón. Cuando el cirujano encontró el órgano tuvo que identificar la glándula suprarrenal, que es como un gorrito encima del riñón, también se identificó la arteria y la vena renal, y por último el uréter que es el tubito que transporta la orina hasta la vejiga. Si el cuerpo humano tuviera indicaciones, no cabría duda que la arteria aorta tendría escrito en letras rojas y mayúsculas: *¡PRECAUCIÓN!* Ya que es la arteria central que pasa por el tórax y abdomen, una lesión en ella haría que el donante se desangre en menos de un minuto. Pero a las manos del cirujano le sobraban experiencia, así que extirpó el órgano y suturó los cortes internos sin presentarse mayor dificultad. Luego vino la segunda parte, trasplantar el riñón en su nuevo hogar. Se optó por ingresarlo en la parte inferior del abdomen, por debajo del ombligo, esto debido a que la parte del uréter que se extrae del donante es muy corta y se debe conectar directo a la vejiga de la paciente que recibe el riñón, de esta manera se reduce el riesgo de que tenga una insuficiencia renal futura. La arteria y la vena se conectaron a la artería iliaca interna y la vena iliaca de la paciente, para ser más claros: arteria con arteria y vena con vena. Una vez terminado el trasplante se coció la herida que se miró similar a la de una cesárea. Los riñones inservibles de la paciente se quedaron como dos pasas dentro del organismo, no existió necesidad de sacarlos. Ante el éxito de la intervención se vino el tiempo postoperatorio, el periodo que transcurre entre el final de la operación y la completa recuperación, el tiempo que nadie imaginaba sería el más doloroso..., y no solo para quienes entraron a quirófano. Como se mencionó, durante la extracción del órgano en el cuerpo del donante, se colapsó el pulmón izquierdo al abrir la incisión por las costillas provocando la entrada de aire y líquidos en el organismo que debían ser drenados por medio de la introducción de tubos y mangueras, mismos que fueron conectados a un catéter sobre el tórax. El donante debía tener extremo cuidado de no jalar ni mover esos tubos, ya que estaban colocados cerca de las áreas donde se efectuaron suturas internas, sobre todo directo con la arteria aorta. Nadie en el hospital contaba con que el paciente tendría historial personal de no soportar ver sangre o heridas a primera instancia, tal y como pasó en su infancia cuando dio un golpe a Darío por defender a Javier y miró la herida abierta por encima de la ceja, provocando que terminara casi desmayado en un terreno baldío detrás de la escuela. El donante de treinta y un años, de nombre Arturo Álvarez Tijerina, despertó por primera vez luego de la operación mirando el catéter expuesto en el tórax, y de un movimiento brusco intentó levantarse de la cama casi sacando accidentalmente los tubos que lo iban drenando. Las enfermeras en la sala trataron de inmovilizarlo y recostarlo de nuevo. Bajo el catéter la sangre comenzó a emerger, lo que provocó que Arturo, al ver el fluido saliendo de su cuerpo, se desvaneciera al punto del desmayo. El paciente regresó en sí minutos más tarde y de primera instancia no se identificaron problemas graves. Las enfermeras examinaron y revisaron sus síntomas; Arturo compartió su estabilidad y el poco dolor que sentía en el cuerpo, mismo que las enfermeras confirmaron como normal luego de una operación. Arturo fue trasladado a una sala de cuidados medios intensivos para ser monitoreado durante su recuperación. La silenciosa noche en el hospital pasó como si las urgencias no existieran. No había ruido afuera de las paredes del hospital, ni en la habitación donde Arturo dormía, pero dentro de él se había desatado una guerra sin soldados en donde no hubo opción más que rendirse. La sutura de la arteria aorta en donde iba conectado el riñón, fue rota por el brusco movimiento de hace algunas horas; el sangrado interno continuó su silencioso flujo hasta en el profundo sueño de Arturo. Durante la madrugada, la enfermera en guardia entró a cuidamos medios intensivos para revisar al paciente y darse cuenta que su cuerpo estaba allí presente, pero Arturo ya no. Se dio aviso a los médicos durante las primeras horas de la mañana, y se confirmó que la ruptura fue provocada por la forzada y accidental extracción de los drenajes. Todo esto pasó mientras la paciente, Eloísa Morales Almaguer, despertó en su habitación del hospital mirando el amanecer por la ventana, dichosa de vivir el comienzo de otro día. La noticia del fallecimiento de Arturo llegó primero a su madre Silvia, que abrazada de su esposo soltó el llanto a mitad de la sala de espera del hospital donde pasaron la noche. Poco antes de que dieran las siete de la mañana, Javier entró al hospital con dos ramos de flores amarillas que dejó caer al suelo cuando se postró frente a su padre, verlo con la cara enrojecida y mojada en lágrimas le dijo todo sin decir nada. El grito de Javier retumbó a lo largo de los pasillos, luego él recorrió la sala empujando a los enfermeros, que lo detuvieron en su violento andar desenfrenado hacia las salas de cuidados intensivos. Hicieron falta ocho brazos, incluyendo los de su padre, para detenerlo y de rodillas someterlo, una vez en el piso ya no pudo levantarse, no le quedaron fuerzas ni para recuperar su aliento y se aferró al pecho de su padre que lo cobijó en brazos. Eloísa se quedó internada en el hospital los siguientes días en compañía de su madre y la desgarradora noticia que la consumía, la misma que la hizo considerar quitarse la vida que le fue regalada. La culpa la asfixiaba obligándola a encerrarse en sus pensamientos; veía el entrar y salir de enfermeras revisando sus síntomas y haciendo preguntas que su madre Luisiana respondía por ella ante su negativa por interactuar con el mundo. El nuevo riñón comenzaba a trabajar mucho mejor que otras partes de su cuerpo que ni Eloísa podía identificar, le dolía todo y nada a la vez, sentía el cuerpo temblar cuando nada en él se movía, era consciente que su calidad de vida había mejorado y empeorado al mismo tiempo. Su madre comprendía que no era el dolor físico lo que mantenía a Eloísa sobre esa cama de hospital, más no imaginaba que parte del sufrir era por los sueños; los millones de sueños que su hija quería cumplir, pero la persona con quien quería vivirlos no estaría presente en ellos. Al tercer día de la silenciosa agonía de Eloísa llegaron Silvia y su esposo a verla, a quienes Eloísa había rogado a su madre no traerlos a la habitación. Luisiana se colocó a un lado de Eloísa sosteniendo su mano mientras el matrimonio se acercó a los pies de la cama. Silvia y su esposo miraron la palidez en el rostro de Eloísa y las demacradas ojeras bajo su ojos rojizos. Silvia se acercó a ella, Eloísa negada a verla a los ojos sostuvo la mirada hacia la ventana de la habitación, hasta que sintió el abrazo y llanto de Silvia por encima de su hombro izquierdo, Eloísa sollozó oculta entre los pechos de Silvia escuchando su cálida voz repitiendo: no es tu culpa, no es tu culpa, no es tu culpa, no es tu culpa, no es tu culpa, no es tu culpa, no es tu culpa, no es tu culpa, no es tu culpa, no es tu culpa. Y tampoco fue su culpa seguir internada y ser incapaz de asistir a la misa de despedida que organizaron en honor a Arturo, antes de que su cuerpo fuera cremado y llevado al columbario donde la urna con sus cenizas fue guardada. En la ceremonia Javier no cruzó palabras con nadie, se mantuvo sin expresión como si su cuerpo fuera un depósito sin vida o alma; ni siquiera Darío pudo sacarle una sonrisa cuando dio sus palabras a los presentes, sobre lo afortunado que se sentía al llevar de por vida un recuerdo de Arturo por encima de la ceja. Las única vez que Javier expresó su pesar fue ante la fotografía de su madre Perla entre las cuatro paredes de su habitación, en esos días grises que la vio como siempre hubiera querido verla: viva… Y como si Arturo ya no importara, la vida continuó su injusto andar sin dar reparo de su error. Su padre y Silvia regresaron a la venta de terrenos como si guardar riqueza fuera todavía importante, Javier renegaba que a su edad avanzada no se habían dado cuenta que el dinero y el trabajo no valen si en un instante se pierde todo. Darío trató de frecuentar a Javier como si el trío de amigos siguiera existiendo, y fue Javier quien se encargó de irlo alejando de él. De quien no pudo alejarse de por vida, sin importar cuanto lo deseara, fue de la culpable de todo…, de Eloísa. Y es que era cuestión de tiempo para que ambos se encontraran las caras. La primera vez que lo hicieron fue ante el columbario donde yacían las cenizas de Arturo, el primer acercamiento que tenía Eloísa con su prometido, semanas después del fallecimiento; Javier la miró parada con las lágrimas inundándole el rostro, ella pudo verlo en la lejanía. Él retrocedió con la rabia consumiéndolo y se fue de ahí corriendo, condujo lejos y sin dirección por la ciudad de Monterrey hasta toparse con un bar sobre la avenida Garza

Sada en donde se embriagó de ira y cerveza, sus males los cargó incluso al caer la noche en una discoteca en la zona Tecnológico, donde se la pasó repartiendo sus deudas en cada botella. Ante la negación de Javier por recibir a Eloísa en su casa o atender a sus llamadas, el segundo encuentro de ambos fue en las oficinas de Grupo Arámbula. Eloísa apareció en la oficina mostrándose casi recuperada de la operación, sus jefes y compañeros estaban al tanto de su progreso y mostraron su alivio por verla regresar a sus labores. Todos salvo Javier, que frente a la pantalla de su escritorio no hizo más que ignorar su presencia y fingió ocuparse de sus asuntos. Incluso cuando ella trató de acercarse pidiendo que lo acompañara a su oficina, él se negó sin dar razones. Javier no tomó la opción de buscar otro trabajo, vivía esclavo de sus deudas acumuladas por el despilfarro, más ahora que cada semana repetía el mismo ritual de olvidar sus males en la embriaguez y recuperarlos al siguiente día. Fueron noches de intencionados excesos que hasta su nariz terminó empolvada en unas cuantas de ellas. Las apariciones de Javier en la oficina fueron como parpadeos de luces navideñas, nunca consistentes, a veces llegando tarde, otras saliendo temprano. Y asomándose el fin de semana se iba de nuevo a los bares que lo reconocían como cliente frecuente. El día que nació el bebé de Yolanda, un varón con la mismísima cara de su esposo Hiram, Javier salió a buscar su remplazo. La buscó hasta pagando el servicio de mujeres que quisieran succionarle el deseo y la pena de no tenerla. En las pocas mañanas que despertaba en sus sentidos se dedicaba a trabajar de forma automática y mediocre. Miraba a Eloísa en su oficina trabajar. Ella se acercaba a hablarle a él y a Rubén sin mostrar remordimiento ni culpa de lo ocurrido, eso era lo que más le enfurecía a Javier, que él no pudiera meterse en ella y obligarla a sentir culpa. Y él por su parte quería volver a sentirse como antes, como aquél niño desprotegido siendo salvado por Arturo; el adolescente que fue aprendiendo gracias a Arturo; el veinteañero que cuando se equivocó, su hermano jamás lo abandonó. Ya era muy grande para ser el niño, muy viejo para la adolescencia, pero no tanto para comportarse como ese veinteañero que vivirá equivocado siempre…, y Arturo no estará para corregirlo. Ya no lo acompaña en el viaje de su vida.

Para tener treinta y un años, a Javier se le da muy bien eso de aferrarse a los eternos veintes. Y es que no han pasado ni cuatro horas desde que se bebió el último ron con cola en la discoteca que últimamente frecuenta durante las primeras horas de cada viernes, a veces por capricho, otras por tristeza…

DIECINUEVE

Javier no dirá que las despedidas no le duelen, porque se estaría mintiendo. Las ha sufrido toda la vida. Incluso afirma que no existe una sola que le haya causado alivio. Supone que es por su aferro inevitable a las personas que le comparten los afectos que faltan en su vida, esos que sin hipocresía crean en él una confianza desmesurada. Arturo fue esa persona en la cual se sostuvo toda su vida, el cimiento de su existir. Él ya no está, eso le ha quedado claro, pero vive en lo que dejó: su ejemplo. Es estúpido pensar que un viaje de cinco días lo transformará. Lo que Javier ha sido durante toda su vida no lo cambiará una sumergida de pies en el mar. Pero por algo ha de empezar. Ha dado el primer paso… Y no dará vuelta atrás.

Sus pies se hunden en la mojada arena a orillas del mar. El amanecer nace frente a él mientras se despide primero de Perla, su madre. Las aguas que le parecían la eterna condena ahora son el recuerdo de ella que atesorará en sus memorias. Recuerdos que se juntarán con los de Arturo. Ahora ambos vivirán en él, en sus acciones y decisiones, guiándolo cada vez que piense en ellos. Javier siente el agua tocando ahora sus talones, mueve los pies para sacarlos del mar y retrocede pisando la tibia arena de la mañana. Piensa que la brisa le desea buen viaje al sentirla pasar por su cara. Avanza por la arena hasta agarrar su maleta, que con las llantas hundidas lo espera paciente a marcharse. Cruza por última vez el camino de madera entre los búngalos de la villa hasta llegar al vestíbulo del hotel.

La carretera es silenciosa durante su regreso al Aeropuerto Internacional de Cancún. Deja su maleta en el mostrador y se dirige a la sala de espera cargando un pequeño bolso color café con su pase de abordar, celular y cartera. Lleva puesta la misma playera negra de Arturo que Eloísa le entregó el día anterior, pantalones cortos y unos cómodos tenis blancos. El abordaje de pasajeros rumbo a la ciudad de Monterrey ha comenzado y él es de los primeros en pasar. Tiene asignado el asiento 9F. Desde la ventana a su derecha mira el despegue del avión hasta alcanzar una altura en donde el mar se extiende en conjunto con la Riviera Maya. Del bolsillo de su pantalón saca aquello especial que Eloísa le entregó la noche anterior cuando se despidieron bajo la luz de la luna y en presencia de la playa. El anillo de compromiso destella en la cabina del avión cuando los rayos del sol pegan en el diamante. Javier mira de nuevo el grabado al interior: *Millón de sueños*. "Algún día dáselo a quien te acompañe en el viaje de tú vida, y juntos cumplan un millón de sueños", dijo Eloísa al entregarlo y Javier no se negó a recibirlo. Ahora lleva en sus manos la promesa de ser mejor, para que algún día alguien se aferre a él y al viaje que juntos irán construyendo en cada nueva experiencia.

Y dentro de él carga un secreto, una nueva oportunidad para Eloísa, que en aquellas playas bajo el avión sigue disfrutando de Tulum, sin pensar que si el mal en su cuerpo amenaza con perseguirla de nuevo, Javier será quien le regale otra vida.

El inicio de un nuevo viaje.

VEINTE

A dos años viviendo alejado de Eloísa, Javier continúa guardando el secreto. Los resultados de las pruebas de compatibilidad llegaron a la clínica en donde Arturo se enteró que sería el candidato elegido para donar uno de sus riñones. Javier recuerda el temblar de su garganta pidiéndole a Arturo que retirara su propuesta, que en menos de lo esperado el nombre de Eloísa emergería de la lista de espera y recibiría un órgano del banco de trasplantes. Pero Arturo no claudicó. Ante la negativa, Javier buscó por su cuenta la manera de que su hermano no entrara al quirófano, y no le quedó opción más viable que realizarse las mismas pruebas. El resultado: compatible. Ahora el dilema era entre hermanos, quién de los dos se sacrificaba por el otro, a lo que Arturo intervino, "esto no se trata de ti o de mí, esto es por Eloísa, y yo por ella estoy dispuesto a dar la vida". Y a Javier no le quedó más que aceptar la irrefutable decisión de su hermano. Y ninguno de los dos reveló nunca la segunda compatibilidad.

Javier en ocasiones se pregunta qué habría pasado si en su viaje a Tulum hubiera revelado el secreto a Eloísa. Que él era la clave para que ella continuara viviendo si su mal regresaba. Que su segunda oportunidad de vida estaba frente a ella. Que irse sería el error más grave porque ambos se necesitaban el uno al otro. Probablemente las cosas que surgieron en los dos años posteriores al viaje no hubiesen sido las mismas. Tal vez, Eloísa nunca hubiera dejado México. Tal vez, ninguno hubiera emprendido una nueva travesía con tal de refugiarse en la comodidad de lo seguro. Pero no fue así.

Eloísa pasó un año entero en Manchester, Inglaterra, trabajando como coordinadora de proyectos de capacitación y seguridad, en donde alcanzó a visitar al menos trece ciudades entre Europa y África antes de ser transferida a una nueva locación, esta vez a la Ciudad de México donde trabaja hoy como Directora de Seguridad e Higiene de Grupo Arámbula a nivel nacional. En todas sus conversaciones por teléfono con Javier, Eloísa le externa lo bien que se siente de poder viajar por todo el país visitando las principales plantas de producción, y que en ocasiones visita su antigua oficina en donde Rubén lidera al nuevo equipo de seguridad, del cual Javier ya no es parte.

Junto con Darío, Javier entró al negocio de la venta de terrenos que su padre y Silvia se habían hecho cargo por más de dos décadas. El trío inseparable quizá ya no existe, pero el término socios no le sienta mal a los dos restantes.

El profundo vacío que Arturo ha dejado se ha ido llenando gracias a la unión que Javier ha recuperado con sus padres, tanto así que en una ocasión llamó a Silvia: "mamá", y fue la última vez porque para Javier decir "Silvia" significaba eso y más. Javier los invita seguido a su departamento al sur de la ciudad de Monterrey donde, además de compartir los gastos, comparte la cocina y lavandería con Darío, cada uno en la cómoda soledad de su habitación privada.

El amor del pasado dejó de doler con el pasar de los meses. De Yolanda solo quedan fotos que Javier mira a través de redes sociales, en donde ella aparece junto a un pequeño niño llamado: Eloy.

El anillo de compromiso que Eloísa le entregó a Javier continúa guardado en un cajón dentro del closet de su habitación. En los dos años que han pasado, Javier no ha conocido a nadie que sienta deba llevarlo en su dedo. No sabe si algún día alguien lo llevará puesto. Pero el futuro ya no es algo que a Javier le preocupe, por experiencia sabe que todo está destinado a cambiar, entonces solo agradece el hoy. Agradece que Eloísa vive cada día sin miedo a que sea el último.

En el mismo cajón bajo llave, donde se encuentra resguardado el exquisito diamante con el grabado: *Millón de sueños*, hay algo que Javier atesora más que todas sus pertenencias juntas, más que su ropa de diseñador, zapatos, televisores, perfumes. Una blanca hoja de papel en donde viene impreso el e-mail que recibió hace dos años, tan solo días después de regresar de su viaje con Eloísa.

La posesión más valiosa de su ahora existir.

Deja una evaluación

APRECIA VIAJES <automated@apreciaviajes.com>

8 agosto 2022, 10:25

¡Gracias por confiar en APRECIA VIAJES, Sr. Javier!

Esperamos que tu viaje a Tulum haya sido lo que esperabas. Nuestro equipo de Aprecia Viajes trabaja cada día para ofrecer las mejores experiencias a precios muy especiales, todo para que la única preocupación durante tus vacaciones sea: ¡disfrutar!

Te invitamos a **evaluar** tu experiencia utilizando nuestros servicios. ¿Por qué es importante esta evaluación? Con tus comentarios no solo nos ayudas a mejorar, sino que con tu opinión regalas a futuros huéspedes la confianza de que sus vacaciones serán todo lo que han soñado, ¡y mucho más!

Deja una evaluación en el siguiente **enlace** y dinos:

¿CÓMO CALIFICARÍAS ESTE VIAJE?

AGRADECIMIENTOS

Escribo esto casi con lágrimas en los ojos. He terminado un nuevo viaje en compañía de ustedes, familia lectora. ¡Y no puedo estar más agradecido! Gracias por sus mensajes y el cariño que nos une desde el día uno que comencé a escribir.

Les quiero compartir que "Califico este viaje Eloísa", ¡llegó a mí en un sueño! Y fue la misma Eloísa quien me compartió la trama de esta novela mientras caminábamos a orillas del mar y luego… Desperté. ¿Qué loco, no? Por eso esta novela es dedicada a quienes siguen sus sueños.

Agradezco a mi familia y amigos por su constante apoyo en mi carrera literaria, y sobre todo por siempre mostrar interés en los nuevos proyectos que tengo en la cabeza.

Gracias especiales a mi amigo Fernando Guzmán, sin tu ayuda no habría sacado esto adelante. En verdad, ¡gracias!

A mi hermano Carlos Preciado, por emocionarte igual o más que yo cuando se viene el diseño de la portada. Y hablando de portada, gracias a mi adorada amiga Cristina Vásquez por aceptar aparecer en ella.

Ya no falta nadie, ¿verdad?… ¡Ja, ja! Pues a ti como siempre, que desde mi primer libro jamás has soltado mi mano. Gracias amor, Luis DH.

OTROS LIBROS DE
ANTONIO PRECIADO

Ebrias decisiones

Reinas Regias

La última en caer

Sobrias intenciones

Sigue siempre tus sueños… ¡Y a mí también!

Instagram: **itsantoniopreciado**

www.ingramcontent.com/pod-product-compliance
Lightning Source LLC
LaVergne TN
LVHW091451170726

843492LV00001B/135